히말을 품고 사는 영혼

김형효 제 6시집

새로운 세상의 숲
신세림출판사

히말을 품고 사는 영혼

김형효 제 6시집

[자서]

『히말을 품고 사는 영혼』을 내며

내가 처음 만난 네팔은 서울이었다. 이주노동자라는 낯선 이름의 노동자들을 만나며 그들의 얼굴이 낯이 익어갔다. 그때는 버거운 일상을 감내하며 산중으로 깊이 숨어들고 싶던 때였다. 그래서 서울에서 충남 금산군 제원면 길곡리에 숨었다. 그런 나를 한 사람의 네팔이주노동자가 끌어냈다.

도서출판 문화발전소 그리고 시와 혁명의 무게를 내려놓을 수밖에 없어 숨어든 곳에서 나올 생각은 없었다. 우국지사라도 된 듯 나를 형성한 조국 한반도와 내 삶에 대하여 사색하며 지내던 시절이다. 남북정상회담 이후라 변화하는 조국 통일의 전환점을 마련한 시기라 믿었다. 그래도 산중에서 칩거하기로 했었다. 하지만 한 네팔이주노동자가 네팔에 함께 가자고 했고 난 그의 제안을 거절하지 못하고 그래라고 했다. 그리고 한반도를 떠나 네팔이라는 나라에서 살기로 마음을 정했었다. 그때가 2004년, 벌써 열 여덟 해가 되었다.

산중에 나를 가두고 살면서 답답해하던 내가 네팔을 찾은 것이

2004년 6월 7일이다. 그날 오후 네팔이주노동자의 가족과 만났고 한 달을 그의 집에서 머물렀다. 그리고 한 달 후 낯선 나라의 말이 되었다. 내 삶에서 가장 놀라운 경험을 갖게 된 날 들이다. 그 후 1년에 두 차례씩 네팔을 찾기를 몇 해 이제는 네팔 사람들과 자유로운 의사소통이 가능해졌다. 처음 네팔을 찾았을 때부터 나를 맑히는 사람들을 좋아할 수밖에 없었다. 남녀노소 모두가 웃음을 잃지 않고 산다는 것은 얼마나 위대한 것인가? 적어도 내가 본 네팔 사람들은 언제나 웃고 있었다. 나도 따라 웃었다. 벅찬 고뇌와 갈등으로 일상을 살다 간 나의 해방구가 네팔이었다.

나를 맑히는 영혼들 나는 그들을 경배할 수밖에 없었다. 그렇게 살다가 2006년 10월 네팔현대미술전을 서울에서 개최하기로 하고 네팔의 저명 화가 10인의 작품을 수집하고 그들을 만나면서 네팔과의 인연은 더없이 깊어지게 되었다. 그리고 기자회견을 갖게 되었다. 아내는 그때 나를 인터뷰했던 기자다. 그렇게 네팔에 대해 적극성을 갖게 되면서 나는 산중에서 나오게 되었다. 나를 산중에서 끌어낸 것은 네팔이주노동자 밀런 쉬레스타다. 그리고 지금은 나의 삶이 된 네팔, 어쩌면 네라는 신이 지켜준다는 네팔이 아니라 네라는 신이 나를 지켜주는 것만 같다. 어쩌면 서로를 지켜주는 것일지도 모른다.

먼주쉬리라는 삼신할미의 뜻을 지닌 아내 먼주구릉이 나의 수호신이 되었는지도 모르겠다. 춘하추동의 세월 지나온 시간 동안 참으로 많은 생사고락을 함께했다. 열 여덟 해가 되도록 경험한 지구상 유일한 외국 네팔이 내게는 내 영혼의 조국인지도 모르겠다. 가난하지만 천국이라고 믿는 나라 네팔, 결국 내게 천국인 그 나라가 가난한 것은 아니다. 맑은 영혼의 보물창고, 길을 걷고 있어도 마치 부처님의 법전 위를 걷는 것처럼 엄숙하기만 하던 나라 네팔, 영혼의 허파같은 느낌을 갖게 되는 나라 네팔, 그래서 언제나 다시 가고 싶은 곳 그리운 히말의 사람들이 있는 곳 영혼의 쉼터 네팔을 노래하며 살 수 있어서 행복하기만 하다. 더구나 그들을 감싸고 지내는 세월 그들이 날 바라봐주니 그 또한 고마운 일상이다.

여기 그렇게 살아온 열 여덟 해 동안의 옴마니 반메훔〈관세음보살의 자비번뇌와 죄악이 소멸되고, 온갖 지혜와 공덕을 갖추게 된다〉의 묵상이 〈히말을 품고 사는 영혼〉이라는 이름으로 놓여 있다.

공교롭다. 내가 처음 네팔을 찾은 2004년 6월 7일 그리고 네팔 대지진 후 구호활동을 위해 찾아간 날도 11년이 지난 2015년 6월 7일 날이었다. 오늘 내가 가야할 길에 대해 나침반을 놓고 살펴볼 계기를 주신 시인이자 노동문학관 관장이신 정세훈 형 그리고 지리산과 벗하고 살아가시는 박두규 형 그리고 연변에서 또 다른 조국을 그리는 시인 석화 형께 고마운 인사를 전하고 도서출판 신세림에도 고맙다는 인사를 전하며 내가 나를 읽어본 시 한 편으로 인사를 마치고자 한다.

나침반

김형효

삶은 무엇인가?
가방을 메고 학교에 가야 할 때
나침반도 없이 세상의 중심으로 던져진 나는
나침반을 구하거나
나침반의 필요성을 생각하지도 못하고
살다가 살다가
스스로 나침반이 되어 살아가고 있다

참으로 그 길고 긴
험하고 험한 삶을 이겨내오느라 애쓴
나 스스로를 격려하고
나를 위로하는 시간을 갖고 싶어도
여전히 스스로가 나침반이 되어버린 나는
미세한 삶의 흔들림에도
모두 온몸으로 반응하는 나침반 바늘처럼
거칠고 거칠게 흔들리며 가야 하는
그런 삶의 여정을 가야 하는
나침반의 숙명에서 벗어날 수 없음도 알게 되었다

그러니 그 숙명을 인정하자

그리고 그렇게 사는 속에서 즐겁자

그렇게 살아야

잠시라도 멈춰선 나침반처럼

길을 가리키거나

멈춰선 순간의 쉼을 통해

다시 길을 보고

그 길을 살아갈 수 있을 테니까

차례

차례

2부

3부

차례

4부

5부

1
부

히말을 품고 사는 영혼은 아름답다

높고 높은 산에 올라 보니
그곳에 사는 사람들은
깊은 영혼 높은 별처럼
빛나는 주인공들이었습니다
높은 히말처럼
사람들의 삶은 모두 성자인 듯
따사롭고 밝은 웃음기로 생기가 넘쳤습니다
절로 해맑아지는 나는
그들과 하나 되어 버렸습니다
부질없는 삶의 때에 절어 살다가
영혼을 해탈의 경지로 옮겨 주는 히말라야
그곳에서는
사람도 히말처럼, 히말도 사람처럼
끝 모를 울림을 주었습니다
아이나 어른이나
서로 인자하게 웃는 법을 아는
나는 그곳 사람들이 그래서 좋았습니다.
나는 지금 돌아와
그때 그 자리에 웃음들

그리운 히말에 사람들의 웃는 법을
다시 배우고 싶어집니다.
그들 속에는 영혼의 쉼터라는 히말이 있고
히말이 있는 곳에
그들의 영혼이 함께 웃으며
반기는 사람이 있습니다
가야지
다시 가야지
아픔도 고통도 다 품은
아름다운 영혼의 보금자리
히말을 품은 사람들이 사는
사람들에게로

하늘바다*

알고 있다. 나는
나의 할아버지, 할머니들이 불러온 이름
강과 바다와 산과 들의 이름을
나는 알고 있다
당신들의 할아버지, 할머니들이 불러온 이름
하늘바다

에베레스트는 기록일 뿐
당신들의 할아버지, 할머니가 불러온 이름
하늘바다를 대신 할 수 없다
오! 하늘바다
당신들의 할아버지, 할머니의 영혼을 품고 있는
하늘바다는 그 누구의 것이 아닌
우리 모두의 신성 하늘바다

당신들이 잠시 긴 명상에 잠겼을 때
당신들의 집 지붕 위에 나비가 날아올랐다
그때 그대들의 하늘바다는 남의 것이 되어 있었다
나비 한 마리의 우아한 자태를 보고 있는 동안

그대들의 집 지붕은 남의 것처럼 되어 버렸다
에베레스트는 그대의 것도 우리들의 것도 아니다
그대들이 잠에서 깨어 일어났을 때
잠시동안 불려오던 에베레스트는 명상처럼 사라지고
아주 오래전처럼 그대들의 하늘바다만 남아 있다

그대들의 할아버지, 할머니가 불러온 이름으로
오! 하늘바다
오! 하늘바다

---

* 하늘바다 : 네팔사람들이 오래전부터 불러온 에베레스트의 원래 이름은 하늘바다 뜻을 가
  진 사가르마타이다.

영혼

히말의 꼭지점에서 날선 구름이 솟네

너무나 부드럽고 부드러워

솜사탕처럼 하얗지만

춤추는 새처럼 난다네

너무나도 무거운 이승을 산 영혼이라

모든 것을 다 버린 영혼의 무게는

너무나도 가볍기만 하네

더 이상 남은 것이 없는 듯 날아오르지만

히말의 우듬지에서

찬란한 빛을 머금기도 한다네

하루 햇발이 빛나는 아침과

하루 햇발이 세상을 붉게 물들이는 저물녘에는

황홀한 첫사랑도

황홀한 성애도 다 잊어버린 듯

바람처럼 날지만 하얗고 하얗게 날아오른다네

날 보라는 듯, 날 보라는 듯

히말의 우듬지에서 날선 구름이 되어 피어오르네

세상의 그 어떤 꽃이 아름답지 않겠는가

세상의 모든 무거운 짐을 다 부려둔 영혼의 꽃

그 영혼의 빛도 같고 꽃도 같고 찬란한 빛도 같은

너무나도 부드럽고 부드러워

솜사탕처럼 바람에 녹아버리는

영혼의 깃을 세운 채

오늘도 밤낮없이 날아오르는

거대한 히말의 영혼이여

히말의 속살 깊이

무겁게 가라앉은 사람의 날선 기상들

다 무겁게 가라앉혀 둔 채

바람에도 녹는 영혼이 되어 나르는

히말의 영혼이여

가끔은

히말을 걷다 보면
웃지 못해 넋을 다한 얼척없이 아름다운
말로 형언 못 할 넘치는 복을 보여주는
그런 맑고 맑은 새하얀 실 같은 웃음을 보게 된다
나는 어쩌다 그런 웃음을 보게 되는
커다란 복을 받았던가
가끔은 정말 가끔은
그런 맑고 맑은 천상의 웃음을 생각하며
이 거친 세상을 속이는데 동참하여
인간의 삶을 흐리멍텅하게 흐리는 자들을
가감없이 용서말자던 다짐도 무너진다
정말 가끔은 아주 가끔은
나를 분노케 한 위선자들을 그리워하게도 된다
한 숨, 두 숨 그런 사람들을 보는 분노보다 먼저
살갑게 웃고 바라보았던 내 맑던 영혼이 그리워져서
그리운 그 영혼이 만나 거짓 모르고 웃던 그 아련함도
나를 서글프게 하여 안타깝지만
가끔은 복에 넘치게 밝고 밝은 웃음을 선물하는
지상의 천국을 보여주는 그런 웃음들 보았기 때문이다

마치 히말의 우듬지에서 부드러움 넘치게
날선 히말의 부드러움이
하얀 실오라기로 피어오르는 것처럼
가끔은 나도 그리
하염없이 부드러워지는 경험을 하게 된다

히말라야를 꿈꾸다

동서남북
정체 모를 땅이 울린다
지진이라고 사람들이 흔들리는 것은 아니다
흔들리지 않는 사람 보면서
흔들리지 않는 사람들 때문에 내 마음이 흔들린다

동서남북
정체 모를 그리움이 날 흔든다
사랑이라고 사람들이 말한다
사랑은 흔들리며 오는 것이라고 말한다
흔들리면서도 사랑을 느끼지 못하는 사람은 고독하다
그 고독은 표현할 길을 잃어 상처가 된다

거리에 부표가 뜬다.
바다 한가운데 물고기를 겨냥한 안내표지판 같은 부표다
노리고 있던 노려보고 있던 사람들이 함께 쓸쓸한 거리
동서남북 흔들리지 않는 사람들
그들의 속에 감춰진 흔들림을 보듯 히말라야를 꿈꾼다

에베레스트는 무너지면서도 높아만 가고
사람의 그리움은 뭍으로 나온 부표처럼 쌓이다가
길을 잃고 낯설어질 만큼 무지하게 마지막을 기약한다.
남은 그리움은 히말의 높이만큼씩 커져만 간다

길

돈의 힘을 믿고
그 길을 만들며 사는 사람
정신의 힘을 믿고
그 길을 만들며 사는 사람
꿈과 희망의 힘을 믿고
그 길을 만들며 사는 사람

강철 같은 믿음이라면
그 무엇도 길이 아닌 것은 아니겠지만
사람을 믿고
사람의 길을 만들며 사는 사람
그가 그립다

하늘에 뜬 구름 뒤에도 길이 있고
저 멀고 먼 히말라야 설원에도 길이 있어
저 깊은 바다 속에도 길이 있고
사람과 사람 속에도 길이 있어

히말라야 깊은 골짝과 만년설의 산길에서도

길에 선 사람이 길을 외면하지 않으면
다시 길에 서는 것은 당연한 일
세상 모든 길이 내 눈에 보이지 않는다고
결코 길이 없는 것이 아니다

아침 눈을 뜨고

우주가 눈을 떴다
지구도 눈을 뜨고
달도 별도 눈을 떴다
그것들을 따라 세상도 눈을 떴다
그러나 밖은 어둡기만 하다
내 안에서
나의 벗들과 나눈 사연들
나의 SNS에서 눈 뜨고 사는
나의 벗들과의 이야기들만 초롱초롱 빛이 난다
아침이라고, 아침의 시를 쓰자고
그렇게 중얼거리며 아침의 눈을 부빈다
그러나 밖은 어둡다
그래도 밖을 두려워하지 않으리
그렇게 걷다 보면 별인 사람, 달인 사람
햇살 같은 사람들이 있다는 것
나 이제 알고 있으니
가리라
두려움 거두고 저 밖을 향해 또 가리라
오늘 한 걸음이 불안이 아니라

오늘 다음 날 사는 누군가에게 희망이기를
그런 기약을 하며 오늘도 아침 눈을 부비며
길을 가리라

---

* 랑탕히말을 걷던 어느 날 내 눈앞에는 네팔의 나라꽃 랄리구란스가 피어있었고 멀리 거네
스(코끼리)히말에는 눈이 덮여 있었다. 세상도 꽃과 눈과 어둠과 밝음이 함께 뒤엉켜 있
는 것일까?

떠도는 일상

어디로 와서 어디로 가느냐
나도 묻고 너도 묻고
사람과 사람으로 살아가는 인연들이
이곳, 저곳, 곳곳에서
물끄러미 바라보며 묻고 있네
나는 아무 말 못 하고
그걸 왜 묻소
그걸 왜 묻는 거요
속으로 중얼거리며
또 다른 중얼거림으로 그들을 바라보고 있네
온 데로 가지, 어디로 간다고
온 데로 가지, 어디로 간다고
아니 갈 데 없는 것이 사람인데
대체 어디로 간다고
묻고 또 물어오면 날 더러 어쩌라고
나는 항상 온 데로 가오
어제도 그랬고 오늘도 그렇고
나는 항상 온 데로 가고 있소
그렇게 나는 항상 그대들이 묻는 곳에서

그대들이 있는 곳으로 가고 있고
그대들과 함께 가고 있고
오늘도 내일도 사람이 가는 길
오늘도 내일도 사람이면 가야 할 길
그 길에서 그 길로
가고 또, 가리다
나는 처음부터 끝까지
날이면 날마다
그렇게 가고 있소

나마스떼

나마스떼
너 나 할 것 없이 주고받는 인사가
경계 없이 우러르는 히말처럼
사람과 사람 사이를 잇고 있네
바람과 구름, 하늘과 땅
지상과 천상을 잇는 사람과 새
천상천하 그 모든 것이 영혼의 씨가 되는
나마스떼! 나마스떼!
너 나 할 것 없는 입소리와 말로
피고 피네
너도 꽃이 되고
나도 꽃이 되는
그런 세상을 만나는 일
너도나도 서로 축복이 되는
그런 세상을 만들어 가며 걷는 길
사람도 하늘도 땅도 구름도 바람도 별도 새도
그렇게 영혼의 눈을 뜨는 길
걷는 동안 사람은 서로의 안부로
서로에 사랑이 되네

그렇게 살아가는 일상이
좋은 안부가 되어 살아가시길
맑은 물 마시고
맑은 바람 마시며 빌어 봅니다

베데따르*의 전설
– 양처럼 살아가는 사람들이 있다

리시무니*가 살고 있는 히말을 따라 걷다 보면
양처럼 선한 걸음을 따라 걷는 사람들을 만난다
동녘에 부지런히 떠오르는 해를 보는 사람들
그곳에 양 한 무리가
마깔루 히말을 아침 일찍 걷고 있었다
또 한 무리 양은
칸첸충가 히말을 떠나 길을 나서고 있었다
그렇게 길을 나선 두 무리 양은
어느 날 베데따르에서 만났다
베데따르에 할머니께서
한 줌에 소금을 두 무리 양에게 건넸고
두 무리 양은 당연한 것처럼
소금을 입에 넣고 오물거렸다.
그리고 산아래 마을로 걷기 시작했다
걷고 또 걷던 걸음을 멈추지 않고
비랏나가르와 더란을 돌아
두 무리의 양은 소금을 등에 짊어진 채
다시 자신의 뿔 모양에 길을 내며 오르고 올라
할머니의 집 근처를 찾아 두리번거렸다

그렇게 오르고 오른 길을 뒤로 하고

베데따르 할머니에게

보은을 하듯 남겨둔 소금과

마깔루 히말과 칸첸충가 히말로 짊어지고 가는 소금이

마깔루 히말의 양과 칸첸충가 히말의 양을 살리는 것이었다

그 소금으로 베데따르에 사람들이 살고

지금 그곳에 사람들이 있다

할머니의 자식들이

오래전 할머니가 주신 소금을 먹고 산

그 양들과의 인연으로

양이 만난다는 이름을 짓고 옹기종기

아름다운 삶의 이야기를 나누며 살고 있다

오늘도 어린 양처럼 순박한 베데따르의 어린 소년, 소녀가

베데따르의 앞날을 밝히며

하늘의 별처럼 밝은 희망을 만들어 나가고 있다

사람들이 하나 둘 몰려와

어린 소년, 소녀의 이야기를 들으며

훗날에 꿈을 보는 곳

오늘 베데따르에 찬란한 태양이 뜬다

바람은 마깔루와 칸첸충가 히말에서 불어와

다시 구름을 몰고 와서

베데따르 주변을 돌고 돌아

산과 들에 좋은 공기와 물을 주고 돌아간다

베데따르에 사람들은 오늘도

양의 생명과 사람의 생명을 함께 귀하게 여기며

살기 좋은 사람의 마을을 이루며

이웃과 어우러져 희망을 만들고 산다

_____

* 베데따르 : 양의 뿔 모양을 한 네팔 동부의 마을 이름으로 양과 양이 만난다는 이름의 지명
* 리시무니 : 히말라야에 살고 있다는 신선을 이르는 네팔어

오컬둥가*

움푹 패인 돌을 보면 눈물이 나
내 눈물은 어디에서 온 것일까

커다란 몸을 한 패인 돌이
온전히 자신의 몸을 내어놓고
거기 곡식을 받아 안고
자신의 몸과 함께 부딪혀 울 때
비로소 우리에게 알곡이 있었다

곡식을 한 움큼 쥐어 물고
밥알로 온 오컬둥가의 체온을 느낄 때
그때가 내게는 삼라만상과
하늘과 대지가 하나로 뭉쳐지는
찬란한 희열이 넘치던 찰나였다

찰나와 찰나로 나를 이어준 오컬둥가
오늘 우리는
오컬둥가의 부스러기와 부스러기로 만나
이제 다시 오컬둥가의 허물린 가슴이 되자

온통 질곡이던 시절에는
눈물 없이 밥을 지을 수 없었듯이
우리 이제 하나둘 눈물로 만나
부스러기와 부스러기로 어우러지자

내 고향 우리들의 고향
오컬둥가에 가서 커다란 바윗돌이 되자
오! 오컬둥가
오! 우리들의 사랑

_____

* 오컬둥가 : 오목돌이라는 뜻으로 과거 현지인들이 정미소가 없을 때 그곳에 커다란 오목돌
  을 이용해 쌀을 찧어 먹었다고 한다. 그런 이유로 그 지역의 지명이 오목돌이라는 이름을
  갖게 되었고 아내인 먼주구릉의 고향이기도 하다.

축하의 자리를 함께하며

낯선 길 위에서
그리움을 머물고 사는 사람들이 만나 함께했다
외로움은 그리움을 품고 꿈이 되었다
그리움이 넘치는 날을 살며 꿈이 되었다
한 사람, 한 사람이 그리움 하나 꿈 하나 품었다
외로움을 알기에
그리움을 알기에
각자의 꿈이 모두 소중했다
서로 그 그리움을 품어 사랑하고
서로 그 외로움을 품어 사랑하며
모두의 꿈을 품고 함께 하는 것이다
히말라야를 바라보고 살아온
히말라야를 바라보며
꿈을 품고 살아온 사람들
리시무니*의 마음을 아는 사람들처럼
넉넉하게 서로를 품고 바라보며
웃을 줄 아는 사람들
난 그들에게 박수를 받으며
난 그들에게 축하를 받으며

저절로 리시무니의 마음을 따라 배우며

벅찬 꿈을 함께 한다

그들에 외로움이 꿈으로 빛을 발하고

그들에 그리움이 꿈으로 살아나 빛이 되는 날

나도 그들에 어깨를 기대고 서로 춤추며

함께 이룬 꿈을 보리라

그렇게 히말라야 산등성이를 따라

그들이 살아온 골짝마다 각기 다른 사연과 함께

축복을 함께 하리라

---

* 리시무니 : 히말라야에 산다는 신선을 이르는 네팔어

가을 나무

다가왔네
어느 날 하늘이 내게 와 머물렀네
어느 날 바람이 머물렀고
어느 날에는 비와 눈이 머물렀네
흙먼지 비바람이 다가와 나와 함께 했네
그렇게 함께하다 내가 된
그렇게 나의 잎이 된
그렇게 그것들이 나였다네
이제 가네
하염없이 가네
형형색색의 내 따스한 온기를 보여주고
형형색색의 내 따스한 온기를 두고
아침에도 낮에도 비바람에도 하나 둘 그렇게 가네
지상을 물들이고 떠나가는 나의 바람들
혈관을 부여잡고 함께였던 나의 하늘들
나의 비와 눈과 바람들
이제 가네
사람들은 그런 나를 쓸어가고 있네.
이리저리 뒹굴며 하나 둘 셋 형형색색의 내가

이제는 하늘이 되고
이제는 바람이 되고
이제는 비와 눈과 함께 그렇게 땅으로 가네
다시 나의 혈관을 타고 오르는
형형색색의 내가
내 그리움을
다 가지고 가네
그리고 오네

세상의 시작
- 나의 친구들 네팔의 아이들과 함께, 네팔 방문 첫날.

사람은 스스로 창조주다

세상의 시작은 가난이지만
사람은 문화를 통해 스스로 창조주라 증거한다
폭력으로 문화를 파괴하는 사람들 말고
폭력으로 삶을 살아가려는 사람들 말고
창조주 아닌 사람은 없다
창조주를 선전하는 사람들조차
창조하지 않는 사람을 본 적도 없다

세상의 시작은 가난이지만
가난한 나라 사람들
그들이 존재하는 한 그들은 창조주다
그들이 가난하다는 것은 세속의 것이다
가난을 말하는 사람들 속에 가난을 본다
그렇게 말하는 사람들처럼 가난한 사람들도 없다
사람을 잘 지켜가는 것처럼 아름다운 창조란 없다

세상의 시작은 가난이지만

가난한 나라 사람들
그들이 창조주임을 그들의 문화가 증거한다
그들은 사람과 사람에 조화를 알고 있다
사람과 사람의 조화처럼 아름다운 창조란 없다
쇠붙이로 만든 무기를 손에 들고 있는 한 창조란 없다
창조하지 않는 것처럼 조화로운 삶은 없다

창조주의 뜻만으로 세상이 열린 것일까
사람이 창조주란 사실을 안다면 행복한 세상은 시작이다

히말을 걷다

사는 동안 우리는 수없는 길을 간다
가끔은 걷고 가끔은 뛰고
가끔은 중얼거림처럼 앉아 쉬기도 한다
우리가 쉬는 그 한걸음이
사는 동안
얼마나 위대하고 고귀한 한 걸음인지
사람들은
흰 머리 소년이거나 흰 머리 소녀인
자신을 보게 된다
히말을 걷다보면
죽고 사는 일조차
무의식처럼 두리번거림처럼
바람이 일고 비 내리는 일처럼
스스로 자연이 되어
슬픔은 무엇이고 기쁨은 무엇인지
모를 때가 있었다
우리는 그렇게
때로는 왜 집착하는지 멋모르고 얽매여 살다가
회오리바람처럼 무더위를 잊은 초가을날

어스름녘 풀여치 울음소리 들려올 때
이제 세월 다 가고
붉어진 노을에 부끄러움 깊어질 때
비로소 한탄하며
아! 내가 그래 내가 왜라며
지나온 삶을 회고하네
어느 날처럼 히말을 걷다가
저 멀리 낯선 걸음으로 다가온 바람처럼
청량한 표정으로 내게 웃음을 건넨 그는
오래된 옛날에 할아버지처럼 넉넉했다
세월이 흘러가는 지금
그 흘러온 세월 동안
여전히 내 가슴에 맺힌
눈 맑은 영혼이 깊던 그 웃음
이제 동토의 땅이 된
내 조국의 황폐한 사람 속에서
다시 못 볼 그리움이 되었다
그래서 가끔은
히말을 걷던 야크 방울소리도 그립다
바람을 대신해 울려주는 히말의 야크 방울소리가

사람 소리보다 사람 사는 세상보다
더 애타게 눈 맑은 영혼을 밝혀주는 것만 같아
나는 오늘도 상상 속에 오래전 걸었던 히말을 걷는다
눈 맑은 사람들이
눈 맑은 영혼의 허파로 숨 쉬는
히말, 영혼의 이상향
상그릴라의 길을 가고 있는 것이다

두고 온 사람을 그리며

잡았던 손 놓고 오면서 이럴 줄 몰랐다
오자마자 손 놓고 떠나온 사람들이 보고 싶다.
그러나 나 이곳에 목숨을 함께 한 인연들은 또 어쩔건가
오나가나 걸음마다 쌓이고 쌓이는 숱한 그리움들
와도 가도 그리움이다
산에도 들에도 강에도 하늘에도 두고 온 사람들이 손짓한다
오고 가는 바람길 따라 길을 낸 마음이
오고 가는 마음의 바람을 타고 그리움을 만든다
하지만 어쩌랴
생이 있는 한 내 마음의 감옥에 가두고 살 그리움인 것을
그렇게 그리다 그리다 또 어느 날 만나
뜨겁게 적시고 부둥킬 마음이 있으니 되었다
오늘은 남기고 다녀온 내 그리움과 포옹하며
남겨진 그리움들에게 안녕하고 미안한 인사를 전하자

네팔 국가를 들으며

나는 추억의 유행가를 듣는다
그때마다 여유로운 감상에 젖는다
나는 네팔 국가를 듣는다
내가 애국가를 들을 때와 다르게
네팔 국가를 들으면 넉넉해진다
품이 넓어지고 여유롭고 평온해진다
내가 애국가를 들을 때
나는 강한 것을 요구 받는 기분이 든다
내가 네팔 국가를 들을 때
히말라야의 깊은 적요를 느낀다
히말의 야크가 울리는 방울소리처럼
맑고 맑은 소리가 히말을 움직이듯
내 영혼을 움직이는 느낌이 들어서 좋다
나는 네팔 국가를 듣는다
아침에도 듣고 잠잘 때도 듣는다
100개의 꽃을 노래하는 나라의 노래
네팔인들은 항상 노래한다
우리는 네팔 사람으로 모두가 하나다
그리고 그리고 히말에 보살핌처럼

서로가 보살피는 사람을 노래하고 있다
그렇게 노래하는 꽃들이
하나로 꽃목걸이가 되어 피어난다

아내의 고향

서기 1972년 1895미터 히말 아래 산마을에 아이가 울음을 터트리며 태어났다. 그리고 그 아이는 수많은 별과 대화하고 맑은 룸자타의 하늘을 수도 없이 쳐다보며 산바람을 호흡하며 자랐다. 지금은 한국에서 살고 있다. 룸자타의 밤하늘 별들도 말을 걸어오듯 반짝이더니 풀벌레들도 자신들에 조상과 놀던 소녀의 소식을 전설처럼 듣고 알고 있다는데 아침까지 소리쳐 울어댄다.

산다는 것

사는 것 참 쉽지 않다
산다는 것 그리 어렵지도 않다
무엇을 하고 사느냐 묻고
답하며 살고 있다
내 것이라 챙겨 볼까
아니 내 삶의 유익을 구해 볼까
그러고 있으면 저만치 달아나는 것들
그것은 나를 애달프게 하고
사람들이 좋아할 일이다
많은 사람이 행복해할 일이다하면
나보다 먼저 손 내밀어 나를 돕는 사람들
처음 그 경험을 할 그때는
그러나 지금 너무 모자라다 믿고
나를 좀 더 살찌게 하고
나를 좀 더 넉넉하게 하자니
자꾸만 삶이 벅차고 버겁다
왜일까
아직도 답은 멀다
여러 차례 경험했던 것들로

난 오늘도 다시 행복하다

며칠 동안

일곱 명의 네팔이주노동자들이 몸은 두고

영혼만 챙겨서 히말라야를 넘어갔다

다시는 돌아오지 않을 대한민국

나는 오늘 식당 문을 닫고 쉼터로 간다

그들의 주검 앞에 고개 숙이며

삭발한 머리를 조아린다

옴마니 반메훔!

옴나마 시바헤!

누가 노래 부르는가

노래 부르는 이 누구인가
허허벌판을 찬양 하는가
죽어가는 사람 바라보며
누가 노래 부르는가

노래 부르는 이여
그대 이름으로 신을 불러 달라
내가 신께 고할 말이 있느니
그대여 신을 불러 달라

풀잎이 눈물에 젖었구나
낙엽이 지듯 사람들이 지는구나
저 가는 허리춤에 하소도 멈추고
날개 잃은 새, 한쪽 다리 잃은 어린 새처럼

누가 무엇을 노래하나
저무는 세상 누가 노래하는가
꺼져가는 불빛도 움켜쥐지 못하는 세상에
노래가 아닌 하소처럼

팔레스타인 땅에도 봄비가 내리는가
아프카니스탄 땅에도 봄비가 내리는가
아! 이라크 바그다드에도 비가 내리는가
그래 날마다 비가 내리는 카트만두에서

신이 울테니 비가 내리리라
그래 신의 눈물이리라
신이 울지 않고 존재한다면 죽은 것이리라
그래 비 오는 날에는 우는 신을 위로하리라

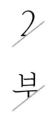

2
부

하늘 아래 부는 바람은 하나다

부는 바람이 어디로 가던
나보다 앞서가던 바람이나
나를 따라 뒷바람으로 불어오거나
하루 사는데 한 끼 밥도 충분하다

누구나 사람이면 한 숟가락 밥이면 살고
사람이면 누구나 한 숟가락 밥이 귀하구나
한 입, 두 입 그렇게 한 번, 두 번 챙기고서
돌아서 감추는 눈물 속에 나의 빈 밥그릇에
붉게 핀 아름다운 꽃이 가득하다

봄날 밭에 푸른 아지랑이 사이에 보리처럼
생명을 부르는 아침 같은 아이들을 만나는 날
일 년 전에 깊은 설움은 어느새 다 이겨낸 듯
새벽이슬처럼 빛나는 웃음들 골목골목 넘쳐난다

지진의 처절 속에서도 사람은 사람을 구했고
지진의 상처 후에도 사람은 사람을 구했구나
그 깊은 절망과 그 슬픈 텐트촌에 밤에도

땅 위에 뜬 달과 땅 위에 뜬 별들이 사랑했고
새로운 사람들이 벅차게 울며 깨어났구나

그렇게 부는 바람 한 하늘 아래에서
한 숟가락 밥을 나누었고
한 입, 두 입 외면없이 살아낸 일 년 동안
280년 네팔왕조에 역사보다 깊은
사람 사랑의 큰길을 보았다네

이제 나라꽃 랄리구란스가 피는
춘삼월 네팔에서 너도나도
새봄 같은 꿈을 웃네
그렇게 바람은 불어오네

봄바람 부는 카트만두에
눈물은 없네
붉은 심장이 꽃처럼 웃고
따뜻한 사랑이 자라고 있네

기도하는 일상

모든 것이 다 드러난 사람들이
감출 것이 무엇이 있다고 생각하기에
나는 말했다
말 없는 말, 그것은 사람에 대한 기도다
보면 보이는 것을, 감춘다고 감춰지는 것이 아닌 것을
21세기 거리에 바람처럼 떠도는 사람들이
컴퓨터 영상에 비춰진 가짜를 진짜로 믿고
거짓말처럼 참말을 하고
참말을 거짓말처럼 한다
21세기에 비춰진 거울 같은 사람의 마음
모든 것을 버린 사람에게
나도, 나도, 나도 그렇게 말한다
하지만 나는 그 어떤 것도 버리지 않았다
더 많은 것을 차지하기 위한 간절한 기도가 있다
내게 더 많은 것 그것은 사람이다
북풍한설, 히말라야의 찬바람에도 굴하지 않을
부드럽고 부드러운 따뜻함이 사람 속에 있다는
평범한 일상에 비밀을 나는 알고 있다
알아버렸다

그것은 나의 간절함에 대한 인식이다

그래서 사람만 믿고 가는 길에

참말을 하고 거짓말을 하고

그것을 따져 물을 필요없이

거울 속에 비춰진 양심의 눈에

스스로 알고 있으면서도 외면하는 고통을

왜 간절하게 안고 사는지

그 고통으로 사는 사람들에 안타까운 일상을

서글피 바라본다

행복하기 위해 산다면 그럴 필요 없지

굳이 그럴 필요 없지라고 나를 달래며

나는 오늘도 성난 개처럼 끌어오르는 분노를 억누른다

분노를 달래며 깊이 잠들라 말한다

지진으로 떠나간 사람들

얼마 전인 것 같은데
몇 발자국 지나지도 않은 것 같은데
너와 내가 걷던 그 길 위에
땅이 갈라지고
집이 무너지고
그렇게 아픈 사람들이 길 위에 나앉아
오늘은 밤하늘을 온몸으로 바라보아야 한다네

히말라야의 성채에도 금이 가서
사가르마타(에베레스트)에 만년설이 녹아내리고 있다하네
너나 나나 어차피 한 번뿐인 생을 살고 가는 땅에서
누구는 신음신음 하고 가고
누구는 나 모르는 곳에 머물다 가고
그렇게 히말도 참지 못해 눈물이 되어 흘러내리고 있다하네

자비로운 신이시어
네여 빨뽀선 하소서
성자 네여 보살피소서
그 땅을 부디 놓지 마시고 보살피소서

나는 멀고 먼 곳에서
부디! 안녕하기를
부디! 안녕하기를
그냥 그렇게 누구라도
나의 기원이 가닿기를
기도하고 기도하면서 무기력하지만
안녕한 오늘 밤을 지새우자고 소망하오

---

* 지금 카트만두와 네팔은 공포다. 새벽 2시에 다시 지진예보가 되어 있다.
  부디 안녕하기를 바라며 네라는 성자가 보살피는(빨보선:보살핀다)나라의 국호에 맞게
  더 이상 고초를 겪지 않게 하고 성자여! 보살펴주소서! 네팔은 네라는 성자가 보살피는
  나라라는 뜻을 갖고 있다.

안녕! 아가야

나뭇잎 살이 흔들리듯

아직은 가늘고 가녀린 숨결로 살았을 아가야

한숨, 두숨 들이쉬고 내 쉬는

그런 하루하루가 영혼이었을 아가야

어린 꽃잎이 흔들리듯

하얀 나비처럼 곱기만 했을 아가야

아마, 엄마, 부바, 아빠 하며

막 입을 오므렸다 닫았을 아가야

조용히 조용히 언제 왔었는지 모르게

살포시 살포시 보조개를 폈다 닫았던 아가야

백설의 히말라야 높은 봉우리를 바라본 적도 없을

산중에 히말라야를 넘어선 아가야

그리운 엄마 품을 떠난 듯 만 듯

이제 하룻밤이 지나면

엄마와 아빠의 가슴 속에 태어난 기쁨보다

아가가 나간 어린 슬픔이 더 살에린 날이다

아가야. 잘가라

부디, 영면하거라

편안하거라

* 내게 오빠라 부르던 어린 아가씨가 시집을 가서 아이를 낳았다. 그런데 오늘 그녀의 미국에 있는 조카와 페이스북 채팅을 하면서 듣게 된 슬픈 소식 그녀가 낳아 기르던 어린 딸 아이가 어제 오후 카트만두에 지진으로 떠났다고 한다. 네팔 말로 "거요(Gayo)" 갔다는 뜻이다. 그 아가는 어디로 갔을까? 아주 어린 포대기 속에 아이를 보았었는데 그 어린 아가가 갔다니……, 참으로 슬프고 슬프다.

빠수파티에 흘러넘치는 눈물 강

오늘도 아침이 밝았습니다
파수파티도 무너진 절망에 함께 무너지고 말았습니다
항상 눈물이 넘치는 신의 강, 전설의 강이었는데
한 걸음 두 걸음 무거운 걸음들이 모이는 곳으로
그 걸음들이 강이나 뭍을 가리지 않고 걸었습니다
서러움을 따라 걷다가 지친 울음이 되어
저무는 해를 붙잡고 목이 메어 움켜쥘 그리움만 남았습니다

아버지였던 사람이 가는 길
어머니였던 사람이 가는 길
언니였고 형이었고 아우였고 어여쁜 누이였던
눈물이 넘치는 강을 따라 그리움이 함께 넘치는 빠수파티에서
생과 사를 관장한다던 시바신은 기원의 대상도 되지 못했습니다
어제도 오늘도 그리고 내일은 시바신이 부활할까요

믿지도 않고 기원도 않던
저는 오늘 네팔의 하늘을 봅니다
내 머리 위에 노을이 지는 동안 내가 그리워하는 만큼
깊고 큰 그리움이 되어

이 하늘빛이 카트만두에 가닿을 것입니다

아침부터 울었습니다
누구도 아닌 그저 사람과 사람이 안타까워 울었습니다
우리는 일상에서 내가 누군가에 그리움인 줄 모르고 살지만
오늘은 우리가 항상 사람과 사람 사이에 그리움을 이어주는
온전한 그리움이 넘치는 사랑의 자리에 있다는 것을 아는 날입니다

조국도 민족도 모든 경계 너머
사람과 사람만이 서로 부둥켜안으며
한 사람 두 사람 또 여럿이 혼자 가기 어려운 해 저문 마을로
동에서 와 남에서 살다가 다 못산 그리움을 안고 서녘으로 가고 있습니다
그렇게 그들의 전설의 강 빠수파티는 원망도 절망도 없이 흐릅니다

언니와 오빠와 형제 그리고 어머니, 아버지를 두고
함께 가는 서녘 마을을 따라 그들은 지금 시바의 품으로 간 걸까요
산 자들이 서로 울음을 그치지 못하면서 오늘
신의 품에서 동무 되어가는 걸음에 붉은 나라꽃 랄리구란스*를 바칩니다

---

* 랄리구란스: 네팔 나라꽃

70

고르카 왕국의 흔적은 어디로 사라졌나

히말라야가 먼 구름을 붙잡고 섰을 때
그 언저리를 함께 걷던 사람들이 쉼터에 걸터앉았네
넋 놓고 바라보고 바라보다가
구름이 숨 쉬듯 히말 꼭대기를 연기처럼 타고 오를 때
왕과 신하가 옥탑방 위에 앉았다 일어서듯
두리번두리번 하늘 보고 땅 보고
저 강 건너 길 걷는 나그네를 바라보았다네
왕국에 꿈을 이루었던 사흐왕조의 꿈이 사라져 버린 지 몇 해던가
사람들은 왕을 쫓아내고 신하였던 자신들끼리 자웅을 겨루다가
헌법조차 만들지 못하고 모든 것을 잃었다네
네와리족 그들은 카트만두, 벅터푸르, 파턴도 모두 가졌었네
기도에 사로잡힌 그들을 사흐왕은 단숨에 무찌르고
스스로 왕조의 역사를 만들었다네
왕조의 역사 280년 그리고 혼란의 1년, 2년 그리고 5년, 7년
한 때의 제헌의회가 헌법을 만들어내지 못하고 해산되었을 때
하늘이 무너지듯 천지가 진동하며 사람들을 놀라게 했었다네
다시 제헌의회가 헌법을 만들자고 4년을 허비하며 쟁투하다 멈추었
을 때
하늘과 땅과 히말라야까지 분통을 터트리듯 흔들렸네

아, 네와리족도 사흐왕조도 가고 힌두의 모든 신들이 함께 가버린 걸까
남은 사람들은 아직도 눈물 속에 어깨 걸며 남은 그리움을 붙잡고 섰네
하루 해가 저무는 밤을 붙잡고 하늘을 우러르며 형제를 부르네
멀리 떠나간 그리움들이 아버지를 부르고 어머니를 부르며 안타깝다네
오늘도 한 하늘을 이고 사는 세상 사람들과 함께 히말라야를 바라보며
흰 구름을 바라보고 바라보다가 지치고 지치다가
높고 높은 진리를 쫓아 걷던 굴곡 많은 언덕배기 골짝을 그리워하며
사랑이 남아 흐르던 바람 따라 강물 따라 눈물이 흐르네

가만히 그대로

모든 것이 그대로라면
가만히 있는 그대로였더라면
기대가 허물리고 나서 사람은 성숙하는가
흔들리고 흔들리다
남은 흔들림도 없는 것처럼 망연자실한 사람들
그 흔들림을 견디다 눈물이 되고 그리움이 되어 하늘로 간 것인지
깊은 계곡으로 낭떠러지로 간 것인지

날이 밝고 어둠이 와도 멈추지 않던 흔들림이
이제는 모든 것을 앗아간 후 그래도 사람은 알고 있네
남은 것이 모든 것이라는 것을
그 모든 것에 다 바쳐야 한다는 것을
그것은 함께 흔들리며 함께 보낸 눈물과 함께 보낸 그리움으로
흔들림을 함께 나누며 울었던 순간을 끌어안아야 한다는 것을
그것을 사람들은 알고 있네

가만히 있어야 하네
이제는 가만히
그대로 두어야 하네

이제는 그대로
그들이 그 자리에 머물게 해야 하네

나는 가네
그들이 그대로 그 자리에서 일어나라고
그들이 그 자리에서 가만히 일어나도록
나는 가네
손잡으러 손잡아주러 가네

가만히 그대로
지독하게 반복되던 흔들림이 오늘은 멈추었다
참으로 오랜만이다
이제 그대로 가만히 좀 있어라
땅이어

랑탕 빌리지의 별이 된 사람들

오래된 고대를 걷는 자리에
땅이 있었습니다.
별처럼 땅 위에 빛이 나던
순박한 웃음은 고대로부터 한 가족이었던 듯
입은 것 말고는 그 어떤 경계도 없는 것처럼
예쁜 돌담 사이로 꽃 핀 식물처럼
가늘가늘 하늘하늘 땅 위를 밝히는 별 같았습니다.
돌마 타망네 어머니, 아버지 그리고 콧물 흘리던 어린 동생들
아무런 경계도 없이 처음 만나
서로 어머니가 되고 아버지가 되고
삼촌이 되고 조카가 되고 서로는 그렇게 땅을 밝히고 있었습니다

새벽에 일어나 나를 비춰주던 마당에는 별들이 내려와
땅 위의 별들을 따뜻하게 감싸주었습니다
안아주고 싶은 듯 부끄럽게 반짝이던 하늘에 별과
땅 위의 별들에 밝고 검소한 반짝임은 서로 하나였습니다
그 마을에는 전설은 없었습니다
그들이 전설이었고, 도시의 거리를 휩쓸고 온
거친 바람 같은 사람들을 반짝이는 별처럼 씻어주었습니다

그저 맑은 랑탕 히말라야를 흘러 내려온 바람과 함께
도시 거리에 아프고 상처받은 영혼들을 위로해주었습니다

지금 그들은 어디로 간 걸까요
하늘도 땅도 계곡을 흐르던 바람도 다 끌어안고
랑탕 계곡 깊숙이 골짝을 흘러 전설과 함께
슬픈 대지를 쓸고 가버렸습니다.
별이 된 별이었던 자취만 남기고 가버린 그들
거기 한 아이가 울고 있습니다.
까르톡 돌마 라마*여
울지 마라
언니도 오빠도 천지 자연에 있다

---

* 까르톡 돌마 라마 : 네팔대지진이 난 이틀 후 저에게 전화를 걸어 언니의 안부에 발을 동
  동 굴렀습니다. 아직도 언니의 소식이 확정된 것은 없습니다. 그러나 마을은 사라져버렸
  습니다.

끼리띠뿌르의 눈물

뜨겁습니다
뜨겁고 뜨거워서 다가갈 수 없는 눈물방울들이
오늘도 섭씨 35도를 넘나들며
햇빛이 쨍쨍한 거리에 갈 길 모르고 흐르고 흐르기만 합니다
뜨겁게 부둥켜안을 그리움들로 가득한 거리에는
작은 푸르름도 존재할 수 없는 것처럼
거칠게 흙먼지만 날립니다
마스크도 준비 못한 나와 아내는
스쿠터 바퀴가 가자는 대로 생애 최초의 사람들을 만나러 갑니다
뜨거운 눈물방울이 아마도 한 시간에 한 방울씩은
아무런 정처도 모른 채 내게로 와 날 부둥켜안습니다
번지수를 묻지도 않고 관등성명도 묻지 않고
그저 넉넉한 웃음과 조금은 모자라고 겸연쩍은 웃음으로
그렇게 뜨겁고 뜨거운 눈물방울이 내게로 흘러듭니다
나도 따라 속으로 흐르는 눈물방울을 찬찬히 바라봅니다
그 속에 나를 바라보는 사람들의 뜨거운 시선들을 고맙게 읽습니다
읽을 책이 없던 시절에 하냥 슬픈 시절인데도
슬픔도 모르고 길을 걷던 그들이 지금 저들인 것처럼
내 눈앞에서 뜨거운 눈물방울이 되어 내게로 다가옵니다

부둥켜안을 품이 작은 내게로 와

뭘 어쩌라고 대체 뭘 어쩌라고 그러는 것이냐

저 속없이 해맑은 카트만두에 하늘을 보며 푸념도 하지만

나는 오늘 속으로 흐르는

그 뜨거운 눈물방울을 마시며 사람의 나라로 갑니다

오늘 또 한 걸음 사람의 나라에 가서

그들과 만날 것입니다

생애 최초의 만남 속에 흐르는

뜨거운 뜨거워 손조차 잡을 수 없을 그 자리에서

나는 시간마다 한 방울에 따뜻한 사랑을 읽어낼 것입니다

사라진 것은 무엇인가

사라진 것이라니
그것이 무엇이라고
무엇이 사라진 것인가
사라진다는 것은
내게도 없고
어디에도 없고
아무에게도 없는 것
사라진 것은 없네
내게도 있고 거기에도 있고
랑탕 하늘과 계곡의 기억 속에
아버지가 있고 어머니가 있고
어린 누이가 있네
반짝이던 밤하늘에 별이 되어 반짝이네
지상에 별이 하늘에 별이
이제 내 마음에
그대의 마음에 세상 사람들의 마음에
랑탕에 바람처럼 랑탕에 구름처럼 오가며
그대들에게 흔들렸던 사람들에게
별이 되어 초롱초롱 빛나고 있다네

사라진 것은 없네
하늘 아래, 땅 위에
그렇게 우리들 속에 다 있네
엄마로 아빠로 어린 누이의 재롱으로
사라진 꿈도 내게는 사라진 것이 아니라네
잠에서 깨듯 꿈에서 깨듯
우리는 그렇게 언제나 함께 있다네

밤비가 두려운 카트만두

밤비가 내리네
누군가는 이승을 지나간
저 멀리서 춤을 추며 살고 있네
마하트마 간디
엘리자베스 2세 여왕
저들은 지금 저승에서도 춤을 추리

마하트마 간디는 춤을 추리
한 세상 의미 있게 잘 살았으니
저 다리 건너 신세계에서 웃고 살리
밤비 내리는 카트만두 새벽에는
아무런 슬픔도 없는 적요가 날 울리네
도란거리듯 남은 소곤거림처럼 내리는 밤비

오늘도 땅과 살며
지금도 땅을 치며
남은 땅을 붙들고
지상에서 우는 사람들
나는 그들과 함께 우네.

아무런 잘못 없는 밤비가 원망스럽네

아직은 소곤거리는 밤 빗소리에 귀 기울이지 못하는
아직은 남은 두근거림으로 일생을 살아야 할
무너진 돌담집, 무너진 흙담집에서
밤비의 소곤거림이 한탄이 되고
눈물이 되는 사람들이 너무 많은데
어쩌라고, 어쩌라고
무심하고 무심하게 한없이 내리기만 하는가

나의 빵이 아직은 모자라서
아직은 나의 빵이 위로가 되지 못하니
춤추시는 간디여
당신의 영혼이 영험으로 와
아픈 이웃 나라 사람들에 위로가 되어주소
오! 춤추는 마하트마 간디여

카트만두 밤비가 무서운 이방인을
카트만두 밤비가 무서운 남은 사람들을
이제는 눈물 그치게 하오

마하트마 간디여

그 세계에 영험함으로 밤비를 멈추어 주시오

밤비가 지진피해자들이 붙든 마지막 땅조차

버틸 힘없이 떠나게 하는 저주가 되지 않게 하소서

비 내리는 카트만두의 밤

뭔 슬픔이 저리도 깊고 깊은 걸까?
뭔 원망이 저리도 많아서 수많은 알갱이진 눈물이 되었을까
듣다가 듣다가 슬픔이 아니라 기쁨이었으면 하고 바란다
그렇게 한참을 듣다가 듣고 있다가 듣는 내가 지친 비를 본다
그래 내가 기쁨이 되지 못하는데 어찌 저 비가 기쁨의 비가 되리
그나저나 저 슬픔은 언제나 그치려는가
멀고 먼 조국의 하늘도 슬픔이 먹구름 지는 날인데
나는 또 뭔 일 났다고 타국에서 밤을 지새는가
사람이 한 일 중에 가장 못난 짓이 국경을 만든 거라고
이리저리 정처 모르고 떠돌며 선전하는 내가
오늘은 뭔 슬픔이 저리도 깊은가
밤비를 보고 묻다가
스스로 파놓은 함정에 빠지듯 국경을 노래한다
불러야 할 광복군가를 다 못 부르고 떠나간 사람들
불러야 할 광복군가를 다 배우지 못한 사나이들
그중 나도 살며시
그 틈으로 나를 집어넣고 눈물의 밤비를 바라보며 불러본다
삼천리, 오천리 방방골골에 울려 퍼지라고 불러본다
조국아, 슬픔을 거두어라

조국아, 기쁨을 바라보라
카트만두의 슬픈 밤비의 안부를 묻다가 지쳐
이제 내 조국의 안부를 묻는 나그네는 어쩌라고
밤비는 저리도 슬피울까
한 시간, 두 시간, 세 시간 마냥 서글프기만 한
카트만두의 밤비에 나도 함께 저 빗줄기가 되어
수많은 알갱이진 빗방울의 사연을 따라 세면서
오늘은 밤새도록 눈물이나 흘려보자.
한 방울에 밤비, 두 방울에 밤비, 세 방울에 밤비
나는 그렇게 밤비에 방울진 사연을 듣고 날을 샌다
슬픈 조국은 없다
그렇게 말하고 싶어 슬픔에 밤비가 멎을 때까지
기쁨을 노래하며 못다 부른, 못다 배운 광복군가를 부른다

겨울밤 별을 보며
– 치링 타망의 딸에게

어느 해 하도 총총히 빛나는 별이 빛나

지상의 슬픔을 다 품은 사람들을 생각했다

너 나 없이 살다가 너 나 없이 간 사람들

그 해 나는 네팔의 산과 들과 히말라야 계곡을 걸었다

거기 하늘을 반짝이는 별처럼 살다 간

지상을 반짝이던 별들이 살다 간

그렇게 살다 간 그들을

그리워하는 지상의 별들을 만났다

그래서인가

하늘의 별처럼 슬프게 반짝이는

지상에 별들이 반짝이는 곳이 있다

네팔에 산과 들, 깊고 깊은 히말라야 계곡

거기 그들의 살과 뼈와 몸뚱이를

모두 무너트리고 간 지진

그 후 반짝 반짝이는 양철로 된 집들이 늘어서

하늘에 신호를 보낸다

밤에는 하늘에 별들이

낮에는 지상의 양철집들이

틈 없이 서로를 바라보고 있는 것이다

스산한 도시의 겨울밤을 지내며
지진으로 서로를 잃어버린 네팔에 지상의 별들이
하늘의 별이 되어 주고받는 반짝임이 되어
교감을 주고받는다는 것을 다시 생각하게 된다
무서운 추위와 공포 속에서도
더욱 빛나는 웃음을 가진 히말의 영혼들이
차가운 밤바람을 타고 다가온다
여기 그 지진으로 떠나간 아버지를 기억하는 아들
그리고 그 아버지를 모르는 딸이 있다
아버지가 떠난 후 7개월
이 아리따운 딸이 태어났다

울자

하늘도 땅도
바람도 구름도
떨어지는 낙엽도
바람에 흩날리는 초라한 것들도
다 나를 따라 울고 있다

나는 왜 우나
하늘도 무심하게 돌고
바람도 구름도 무심하게 돌고
땅도 무심하고 바다도 강도 무심하기만 해서
아마도 그래서 일거야

우는 사람들이 오늘도 잔다
우는 사람들이 하소연도 감추고
우는 사람들이 하소연을 바라본다
우는 사람들이 오늘도 어제도 내일도
바라볼 하늘도 없는
모든 문이 닫힌 세상을 보고 있다

세상이 울고 있다
천지가 울고 있다
그저 넋을 놓고 울고 있다
그냥 울자

무엇을 할까
울면서 무엇을 하려 말자
이래도 울고 저래도 울고
지금 우리가 할 수 있는 것이라고
그저 넋 놓고 우는 일 뿐인가 싶다

달과 개

휘영청 밝은 달이 서럽게 울고 있네
새벽달은 밝고 개들은 따뜻하게 울부짖고 있는데
죽어가는 달처럼 서럽게 신음하는 카트만두 계곡에
빛이라고 남은 달이
죽어가는 사람들의 혼을 달래고 있네
짖는 개야 짖는 개야
네가 사람이다
사람들은 모르는지 아는지
울부짖음도 웃음도
서러운 슬픔도 아우성도 다 잊은 지 오래처럼
휘영청 밝은 달과 짖는 개만 살아남은 듯 침묵이다
개야 고맙구나
죽어가네 죽어가네
사람 살려 사람 살려
밝은 달빛에 뜨거운 눈물도 따뜻한 체온도
스스로 살아온 각자의 세월만큼 남은 세상에 바치고 가네
가네 밝은 빛을 보며 가네
히말라야에 신선 리시무니* 따라가네
이 요지경인 세상에

더 머물지 그래 더 머물지
한마디 건넬 법하건만 다문 입 열지 않고
묵묵히 신선의 계곡으로 길을 내며 가네
사람도 없고 울부짖는 개와 휘영청 웃는 달만 남은
지상을 따라가다 지친 달과 울다 지친 개만 남아
죽어가는 히말라야 계곡 사람들을 살리라고 살려달라고 아우성치네
나는 그 밤이 슬퍼
짖는 개와 밝은 달에 슬픈 눈망울만 쳐다보네

_____

* 리시무니 : 히말라야에 산다는 신선을 뜻함

우리가 가는 곳은

슬픔으로 꽉찬 대지를 보며
천지가 눈물이면 나는 어디로 가야 하나
천지가 슬픔과 분노라면 나는 어디로 가야 하나
그대로, 그대로 가는 것이다
벽을 뚫고 벽을 들이받고
그대로, 그대로 가는 것이다
사방이 다 막혔다면 나는 어디로 가는 것이냐
그대로, 그대로 가는 것이다
천지가 안타까움으로 넘치고
천지가 악으로 받친 슬픔으로 넘친다면
우리는 어디로 가는가
그대로, 그대로 가는 것이다
그대로, 그대로 함께 가는 것이다

서성이는 슬픔

하늘이 우네
바람도 구름도 울음을 달래려 하지 않네
하늘의 주변 언저리에서
눈물의 깊이에 대해
눈물의 길이에 대해
망연자실 바라다보며 함께 울어줄 뿐이라네
우는 하늘 아래 땅도 그 슬픔을 다 받아내기 버거운 날들이
카트만두 사람들의 일상이라네
히말라야의 계곡을 흘러온 바람조차도
낯선 카트만두의 일상
이방인의 숨결이 거칠어지는 날
분노를 넘어선 분노까지 메마른 땅
사람들은 그저 숨을 쉴 뿐
삶을 넘어선 경지에 이르렀네
새도 울고
나뭇잎을 흘러내리는 바람조차 침묵으로 잠겨드는 날들
슬픔보다 더한 슬픔은 없네
우는 하늘을 달래나 보려는 듯
카트만두 사람들은 그 어떤 처절도 망연자실 이겨내고만 있네

하하, 기막히다

기막히다

나누어 먹을 밥은 없어도

버릴 밥은 남아도는 사람들

내 잘못은 몰라도

남의 잘못은 기막히게 잘도 찾아내는 사람들

그들이 걷는 길 위에 슬픔이 자란다

그 슬픔을 밟고 미래가 걷고 있다

자라나는 슬픔을 외면할 수 없는 여행자

그 눈물조차 밟아버리는 사람들

왕가의 사람도 민주공화정을 외치는 사람들도

왕관을 썼거나 여러 종류의 관을 쓴 사람들도

한결같이 공유하는 인간이 버린 함정들의 집합

재활용할 수 없는 공해물들 그 찌꺼기들조차

한 톨도 남기지 않고 처절한 슬픔의 찌꺼기까지

서로 한데 모아 씹고 마시고 찢고 어우러지는 사람들

그 한심한 인간의 이상향 상그릴라의 나라 네팔

그들의 슬픔을 넘어 그들이 키워내는 미래의 사랑들에게

경배하며 눈물을 곱씹는다

모든 것이 멈추고
새가 지저귀는 히말라야만 보이는 곳에서
서성거리는 나그네가 보고 있는 것은 무엇인가
문득문득
아득하고 아득한 꿈속에서 피어난 하얀 수선화
한 송이의 꿈이 맺힌 꽃봉오리를 본다
모든 것이 멈추고
날개 꺾인 새가 날아가는 하늘을 볼 수 있는 땅에
서성거리는 나그네가 걸어가고 있는 이유는 무엇인가

문득문득
그리움에 사로잡힌 영혼을 떠올리며
그림자 속에 맺힌 한 사람의 눈물을 본다

문득문득
번득이는 것들 속에 남아난 영혼이
기적처럼 살아나는 카트만두에서 나는 서성인다
절망이라고 말할 수 있는 자리에 살고 있는 사람들의 말이 얼마나
큰 사치인가
카트만두 한복판의 타멜거리에서, 박바자르 거리에서, 붓따리셔럭

에서

나는 울 수 있는 자유도 포섭당한 채 서성인다

울음조차도 사치스러운 날, 햇빛은 왜 이리 따갑기만 한 것인지

추위를 견딜 수 없는 사람들에게는 따가운 햇빛도 견딜 수 없는 가

혹이다

사랑이 한 줄기 빗방울 같은 것이라면

가늘고 가는 실오라기 같은 것이 삶이라면

히말의 꼭지점에서 바람을 타고 하늘로 오르는

구름 한 줄기에 희망처럼

하루의 삶이 가느란 빛과 같은 것이라면

음악도 빛도 시도 사랑도 바람처럼 구름처럼

눈물방울

뜨겁습니다
뜨겁고 뜨거워서 다가갈 수 없는 눈물방울들이
오늘도 섭씨 35도를 넘나들며 햇빛이 쨍쨍한 거리에
갈 길 모르고 흐르고 흐르기만 합니다
뜨겁게 부둥켜안을 그리움들로 가득한 거리에는
작은 푸르름도 생존할 수 없는 것처럼
거칠게 흙먼지만 날립니다
마스크도 준비못한 나와 아내는 스쿠터 바퀴가 가자는 대로
생애 최초의 사람들을 만나러 갑니다
뜨거운 눈물방울이 아마도 한 시간에 한 방울씩은
아무런 정처도 모른 채 내게로 와 날 부둥켜안습니다
번지수를 묻지도 않고 관등성명도 묻지 않고
그저 넉넉한 웃음과 조금은 모자라고 겸연쩍은 웃음으로
그렇게 뜨겁고 뜨거운 눈물방울이 내게로 흘러듭니다
나도 따라 속으로 흐르는 눈물방울을 찬찬히 바라봅니다.
그 속에 나를 바라보는 사람들의 뜨거운 시선들을 고맙게 읽습니다
읽을 책이 없던 시절에
그리도 슬픈 시절처럼 슬픔도 모르고 길을 걷던 그날이
지금 저들인 것처럼 내 눈앞에서 뜨거운 눈물방울이 되어 내게로

다가옵니다

　부둥켜안을 품이 작은 내게로 와 뭘 어쩌라고 대체 뭘 어쩌라고 그
러는 것이냐

　저 속없이 해맑은 카트만두에 하늘을 보며 푸념도 하지만

　나는 오늘 속으로 흐르는 그 뜨거운 눈물방울을 마시며

　사람의 나라로 갑니다

　오늘 또 한 걸음 사람의 나라에 가서

　그들과 만날 것입니다

　생애 최초의 만남 속에 흐르는 뜨거운 뜨거워 손조차 잡을 수 없을

　그 자리에서 나는 한 시간에 한 방울 따뜻한 사랑을 읽어낼 것입니다

---

* 지진구호활동 중 한국에서 후원해주신 분들에게 인사로 보낸 글 카트만두에서 김형효 드림

지진 후 카트만두

밤은 밝고 기다림은 멀다

카트만두 오늘도 멀리 개 짖는 소리
밝은 낮 카트만두 까마귀 날고
맺힌 아픔을 안은 사람들 살고
사람이 사라진 자리에
남은 흔적은 여전히
산 사람을 위로하네

카트만두 거리에 부는 흙바람도
멀리 짙은 안개에 갇혀버린 히말도
하루 이틀 남은 흔적들 끌어안고 우네
거침없이 막힘없이 원없이
그렇게 기억에 남은 사람들 그리워하며
함께 살았던 히말 아래 어깨 걸며 걷고 있네

돌마야 치링아
썸저나야 꼬필라야
머물 곳 모르고 사라진 눈물아

아침 이슬 반짝이듯
찰나처럼 살다간 어린 생명아
슬픈 히말에 녹아내린 만년설도
지상의 모든 아픔 접어두고
히말라야 계곡 거친 바람 함께 맞으며
멀고 먼 기다림만 깊어지네

어제도 그 전날도
지금처럼 가까이 다가온 그리움 안에
사라진 그대들
성큼성큼 다가와 잊히지 않는 찰나였던
너희들의 삶이
해가 되고 달이 되고 별이 되었구나

무너진 가을

아름다운 날이어서 눈물도 아름다워
그러나 그 아름다운 날에 가버린 것들
하루 하루 하루 하루 하루 하루 하루 하루
그냥 보내기에 너무나 아름다운 하루
그대와 내가 하루를 보낸 날들에 쌓인 그리움들
오색단풍도 오색을 넘어서는 날들
사람만 슬픈 짐승이 되어
이곳 저곳 가리지 않고
살생을 일상으로 사는 듯해
살리는 의사, 살리는 시인, 살리는 농투산이
살리는 교사, 살리는 학자, 살리는 사람 그런 사람이 되자고
단군 할아버지는 가르치셔 그런데 오늘 우리는 무언가
너나 나나 할 것 없이 오늘을 죽이고 난 다음
난 이 느낌 원인도 결과도 보고 싶지 않은
이 슬픔에 하루하루
아름다운 가을에 원없이 끌어안고 싶은
나의 아름다운 사람들이
저무는 노을 따라 슬픔도 함께 보내고
사랑마저 보내버리는 것 같아

나는 아프다.

아프고 아파서 사람 살리자고 동분서주해보지만

내가 살리자는 사람들

내 품에서 살릴 겨를이 없이

모질고 거칠게 서로 죽이자고 덤비는 이 무정한 사람들아

아! 저 사무치게 아름다운 가을을 보라

물대포보다 더 위력적인 가을

너도나도 한번 보자

가을 하늘, 가을 들판

오천 년 전, 아니 억만년 전에

당신과 나의 분신이 서로를 바라보고

얼척없는 그리움으로 이어지고 있는 눈물겨운 하늘 좀 보라고

오메 이쁘고 이쁜 얼척없는 하늘

오메 이쁘고 이쁜 얼척없는 가을 하늘을 보라고

하지만 무너진 가을 한켠에서 난 쪼그리고 앉아서

그냥 갈란다

슬픈 히말라야 계곡에 또 다른 슬픔을 안으러 갈란다

벽

찬 밤, 찬밥
찬 하늘, 찬 땅
찬
찬
차가운 것들이 가득하다

짖는 카트만두의 밤 개들이
그나마 따뜻하게 찬 밤
찬 공기를 가르고
차가운 마음으로 얼어버릴 것 같은
사람과 사람들에 마음
거기 징검다리를 놓고 있다

가스도 떨어지고
기름도 떨어지고
이제는 제한정전시간표도 무색해진 카트만두에 밤
짙은 어둠에 가린 밝은 기대는
다 사라진 꿈처럼 아득하다

아무도 없는 거리
아무도 없이 홀로인 듯 아득한 밤에
낯선 기대가 날 붙잡고 살려줘 살려주라고 아우성인 밤
오늘도 쓸쓸한 기대로 아침을 기다린다

살다보면
그래 살아있으면
우리네 어머니들이 붙들며 살아온 기대가
아름답게 날 살려온 꿈이라 붙들며 일어선다.
그렇게 일어선 아침을 달리며
내일은 누굴 살릴까

지진으로 떠나간 치링 타망네가
예쁜 딸아이를 출산했다며
반웃음을 웃으며 기뻐한다
떠나간 치링이 남긴 아름다운 삶의 유산
남은 사랑이 그 아름다운 유산을 잘 가꾸도록
아내와 나는 그 아이와 엄마를 도우리라
고독이 없는 청춘이 없었듯이
눈물없는 아름다운 인생도 없는가

이제 안타까운 유산으로 얽매인
좌절의 시간은 가라
거리에 허공에 가득 차가운 것들 사이로
따뜻한 아름다움이 벅차다

희망의 길

우주가 눈을 떴다
지구도 눈을 뜨고
달도 별도 눈을 떴다
그것들을 따라 세상도 눈을 떴다
그러나 밖은 어둡기만 하다
내 안에서
나의 벗들과 나눈 사연들
눈 뜨고 사는 벗들의 이야기 초롱초롱 빛이 난다
아침이라고, 아침을 이야기하자고
그렇게 중얼거리며 아침 눈을 비빈다
그러나 밖은 어둡다
그래도 밖을 두려워하지 않으리
가끔씩 걷다 보면 별인 사람, 달인 사람
햇살 같은 사람들이 있다는 것
나 이제 알고 있으니 가리라
두려움 거두고 저 밖을 향해 또 가리라
오늘 한 걸음이 불안이 아니라
오늘 다음 날 사는 누군가에게 희망이기를 기약하며
오늘도 아침 눈을 비비며 길을 가리라

일어나자

밤이 일어난다
밤이 일어나
아픈 사람들의
시린 가슴을 밝히자고
별이 된 밤이 일어나고
술이 된 밤이 일어나고
달이 되어 일어나던 밤은
부드런 노래가 되어 운다
나는 오늘도 일어난 밤과
시린 아픔을 안고 잠든다
밤도 아침도 멍든 낮도
깨우는 외침을 따라 일어난다
일어나, 일어나 일어나라
나도 일어나고 너도 일어나고
모두가 일어나야 산다
아침도 살고 낮도 살고 밤도 산다
그래야 사람이 산다
그래야 사람이 산다

---

* 랑탕 히말라야를 걷던 어느 날 내 눈앞에는 네팔의 나라꽃 랄리구란스가 피었고 저 멀리
거네스(코끼리)히말에는 눈이 덮였다. 세상도 꽃과 눈과 어둠과 밝음이 뒤엉킨 것일까?

좋아요

깊은 잠에 취해 고즈넉한 새벽
멀리서 들려오는 까마귀 울음소리만 밝다
내 귓가에 네팔의 길한 울음소리
한국의 새벽이라면 을씨년스런 불길한 새벽
어제의 흔적을 얼숲에 올려두고 잠시 돌아
한 사람, 두 사람 나의 흔적에 좋아요 좋아요
노래처럼 내 눈을 밝히는데 저민 가슴에서는
눈 밖으로 물방울을 밀어 올린다
뜨거운 눈물이다
아! 살아있구나. 나는 살아 있어
아! 나를 살리는구나. 한 사람, 두 사람
내 사람들이 먼 잿등에서 어머니 손사레 같은
관심으로 따숩게 나를 바라봐 주는구나
가끔은 나도 유리상자에 갇힌 듯 낯선 나의 삶을 걱정하며
스스로를 위로하며 지내지만 그렇게 위로받는구나
그래서 사는구나. 나는 그렇게 이렇게
하마터면 크게 울뻔하였다.
카트만두의 새벽 나즈막히 밝힌 조명 아래서
홀로 크게 울뻔하였으나

간신히 참아내고 이제는 사라진 랑탕 마을
그곳에 사람들을 보러 갈 것이다
오늘은 보지 못한 사람들도 내일은 보겠구나
내 따스한 손 모음으로 만든 빵을 들고 만나리라
랑탕 마을 사람들에 제사를 위해
내일은 간다
돌마에 아버지와 어머니 그리고 어린 동생이
돌마의 할아버지에 49제에 함께 간
이승에 흔적을 만나러 나는 간다
좋아요 좋아요
아픈 징검다리 건너듯 그곳을 찾아간다

카트만두 이방인에 새벽이
가슴에서 밀어 올린 따뜻한 물기에 벅차고 뜨거운 날이다
좋아요 좋아요
그대들에 격려의 안부
그곳에도 전하리라

이 밤을 붙들고

나는 이 밤이 저물지 않았으면 좋겠다
저물지 않은 이 밤을 붙들고
내일도 이 밤과 함께
그 다음 날도 그리고 그 다음 날도
이 밤과 함께 일생을 살았으면 좋겠다
이 밤을 붙잡고 엉엉 울고 싶었다
나는 그랬다
나는 이 밤에 다 서러워도
이정희만은 서럽지 말았으면 좋겠다
난 다 서러워도 이정희 전 후보만은 서럽지 말기를 바란다
온갖 모욕도 넘어 온갖 굴욕같은 저주도 받으면서
그가 넘으려던 이 밤 너머의 세상을 우리는 넘지 못했다
진보란 자들이 진보의 뿌리를 통째로 난도질해댈 때
그때가 어쩌면 주검이었으리라
종북은 빨갱이에 다름 없음인데
빨갱이라 매도당하던 자들이 언어교체의 빨갱이라 칭하는 순간
그때 진보는 주검의 무덤을 쓰고 있었다
나는 그때 죽었던 것이다
난 카트만두의 거리를 걸으며 그 어떤 것도 알아차리지 못하고

난 상관없음만 알고 있었다.

이제 우리는 그 누구도 누구를 위로할 수조차 없다

이제 진보나 개혁이나 민주의 이름조차 더럽혔다

새로나기 위해서 그냥 위로하지 말자

체념하자

체념하고 체념하며 깊이 체념하며 그렇게

먼저 우리 자신을 보자

진보가 종북을 만들어 빨갱이를 토벌할 때

우리는 죽었고 다시 전라도는 부활했다

슬프고 서글픈 부활이다

이제 자존심만 남은 전라도는 그대로 석고보드처럼 그대로 박제되
고 말았다

생명을 잃어버린 박제물처럼 전라도와 유신은 쟁투를 벌였다

그러나 찬 이슬 바람맞으며 그 어떤 유산도 없이

이 밤만 슬프게 통곡이 되고 말았다

나는 이 밤을 붙들고 싶어 내가 살 곳을 찾느라

카트만두행 비행기표를 찾는다

다시 나를 유배지로 떠나보내기 위해

숨이 막힌 이 밤을 피해 달아나고자 한다

조국이여 한반도여

그냥 슬프다
슬프다 말하는 내 입도 싫다

3

부

노동의 이주

몇 해 전 울어보았다
노동의 이주를 통해 삶을 복되게 하려는 꿈을 살러
대한민국에 와서 맥없이 목숨이 져버리는 안타까움 때문에
어제는 자살한 이주노동자 소식이 있었다
어제는 사고로 목숨을 잃은 이주노동자 소식이 있었다
어제는 잠을 자다가 아침을 맞지 못하고 목숨을 잃은 이주노동자
소식이 있었다
오늘은 또다시 사고로 목숨을 잃었다는 소식이다
이틀 동안 네 명의 목숨을 앗아간 대한민국 이 모두 믿기 싫은 사실
이다
그런데 나는 지금 냉동인간이라도 되어버린 것인가
눈물도 나지 않는 내가 낯설다
안타깝지만 구체적인 분노도 방향을 찾지 못하고 흔들리는 밤이다
어디로 발걸음을 옮겨야 할 지 방향을 찾을 수 없어 망연자실이다
방향을 찾지 못한 나는 감정을 흔들며 술이라도 마셔야 할 것 같다
그래야 눈물 나는 사람으로 살 것 같아서다
이런 사람도 살고 있다.
연이은 생명 귀하고 귀한 젊은 타국 청년들에 주검
아! 이 잔혹한 노동의 이주는 어쩌다 주검의 이주로 바뀌었나

살고 볼 일이라고

살아서 볼 일이라고

가끔은 나를 만나는 네팔이주노동자들에게 말하고 있다

노동자여 죽지 말고 살자

살아서 살아서 살아서 볼 일이다

그저 나의 한탄은 푸념일 뿐이구나

살아서 살아서 살아서 볼 일이다

노동자여 노동자여

이 밤을 견디기 힘들다고 나는 향을 피우네

이 밤을 견디기 힘들다고 나는 촛불을 피우네

그리고 막걸리를 마시며 그대들의 안식을 빌어보네

아트마여 아트마여

이 지상의 타파스를 다 넘고 넘어가 안식을 비오

이주노동자들의 일상을 보다

- 죽어가는 세상

잠에서 깬다
지친 몸은 꿈이라는 이유로
목을 매고 일터로
그렇게 종일 노동을 일상으로 산다
사는 것이 사는 것인지 모르게
2017년 오늘까지 매주 전해져오는
꿈과의 이별, 이 세상과의 이별
그들은 어쩌다가 우리에게 와서
그렇게 허망을 두고 가버리는 걸까
자다가 아침을 못 보기도 하고
아침에 일어나 일터로 가서는 밤별을 못 보기도 하고
누군가는 세상에서 가장 밝은 빛을 보며 일하다
그날 밤에 보기로 한 사랑하는 사람의 얼굴도 못 보고 갔다
아내는 어쩌다 그런 소식을 알리는 안타까운 기자인가
헤이, 헤이, 아이고, 아이고, 왜, 왜
아내의 탄식이 날로 속상하고 거칠어진다
나도 따라 또 아이고, 아이고, 정말 왜 그래
2017년 6월 15일 오늘 아침에도 한 노동자가 세상을 떴다
대우조선소에서 일하다 6미터 상공에서 작업 중 추락 병원 이송 중 사망

옴 마니 반메홈! 옴나마 시바헤!

_()_

눈물 마른 아버지 그리고

아들아 아이야
아빠는 눈물 흘릴 처지도 아니었구나
아빠는 눈물도 머금을 수가 없구나
아들아 아이야
흐르는 흙탕물 속을 반짝이며 흘러라
흐르는 흙탕물 속을 빛이 되어 흘러라
내 눈가에 마른 눈물은
네가 가는 천국으로 가는 물이 되어 흐르고 흐른다
아들아 아이야
.
.
.
울지 못한 내 눈물은
아들이 가는 천국으로 흐르는 물이 되어 흐르고 있으니
그곳에 머물거든 새가 되고, 꽃이 되고, 별이 되고, 달이 되어 반짝이거라
나는 그렇게 새의 지저귐을 듣고 아들을 생각하리라
나는 그렇게 꽃의 향기를 맡으며 너를 느끼리라
나는 그렇게 별을 보며 너의 반짝이던 눈빛을
나는 그렇게 달이 되어 엄마 품에 안긴 너를 보리라

.

.

.

아들아 아이야
부디 천국으로 흘러라
부디 천국에서 피어라
마른 내 눈가에 눈물이 흘러내리는 날
아들이, 내 사랑하는 아이가 천국에 다다른 것으로 알리라

---

* 2017년 네팔 남부에서 대홍수로 대피를 하다 죽은 아들을 묻어줄 곳이 없어 물 위에 띄워 장사지내는 모습을 외신기자가 사진을 찍어 네팔신문과 외신에 크게 보도되었음. 소식을 인터넷 신문을 보고 쓴 시로 네팔신문에도 번역되어 게재됨. 이후 성금을 모아 가족에게 전달하기 위해 현지를 찾았고 구호물품도 함께 전달하였음.

아내의 친정

아내는 친정에 갔다
비행기 타고 여권을 챙겨
히말라야를 넘어간 것이 아니다
아내의 친구가 시집와 사는 창원에 간 것이다
친구에 친정어머니께서
여권을 챙겨 비행기 타고
히말라야를 넘어오셨다
결혼을 해서 타국에 사는 사람들은
너나없이 서로가 서로의 친정이 되어 산다
나도 그렇게 자청하곤 한다
처제들 여기 형부가 있고 언니가 있으니
언제라도 어려운 일 답답한 일 있거든 오시라
대놓고 말하고 대놓고 연락도 하라고 말한다
바로 여기가 친정이고 이 형부와 언니가
그대들에 친정 오빠도 언니도 되고
원한다면 친정아버지도 어머니도 되리다
그래서 때때로 오미자김 김사장님도 괴롭게
진안유통 박사장님도 부담스럽게 하며
이런저런 물품을 받으면 두었다가

때맞춰서 꼬세리*로 전하기도 하는 거라오
아무리 험해도 서로가 서로의 친정이 되어주오
그리 살다보면 그대들 삶에 빛이 드리라
사는 동안 그리 사시라
오며 가며 그렇게 정을 나누고 살아보시라

---

* 꼬세리 : 우리네 이바지와 같은 뜻의 네팔말

그냥 걸었어요

그냥 걸었다 잘 있냐
엄마가 그랬다
어제, 오늘 내게 그렇게
그냥 걸었다고 말하는 사람들이 있다
멀고 먼 히말라야를 넘어
코리안드림을 품에 안고 온
네팔이주노동자들, 네팔결혼이주민들, 유학생들
그냥 걸었어요
처음 몇 번은 아니 몇 해 전까지는
무슨 소리냐고 반문하기도 불편해하기도 했다
하지만 어제, 오늘
나는 히말을 걷던 야크방울소리를 듣듯이 그냥 걸었어요
그 말을 들으며 목울음을 운다
야크가 걷던 언덕진 히말 등성에 맑은 바람 맞듯이
저 멀리서 날 찾아 안부하는 소리의 그들이 그립다
고맙다
히말의 영혼을 품고 온 사내야
너의 여린 품성에
거친 풍상에도 웃는 법을 알던

너의 어린 날에 꽃 같던 영혼의 웃음도 함께 본다
오늘은 아픈 아이처럼 내게 전화 걸어와서는
정말 아픈 하소연
"매형 며칠 전부터 약도 먹고 했는데 큰 병원에 가봐야 할 것 같아요.
병원 좀 알려주세요. 그래 알았어. 병원 가서 의사 앞에서 전화 줘."
그래 오늘 나도 누군가에게 "그냥 걸었어요."라고 말하고 싶다
내게 그냥 전화 걸어준 사람들이
영혼의 울림처럼
방울소리 울리는 히말의 야크처럼
내게로 다가오고 있다
그들이 내게 다가오듯
나도 누군가에게 그렇게 다가가고 싶다

침묵

밝아오네
어둠이 길을 내주는
거리를 걸어가는 사람의 등 뒤로
빛이 길을 내며 밝아오네
나는 그 빛을 등지고 어둠을 쫓아 걷고 있네
어둠에 갇혀 슬피 우는 한 사람
혹여 그런 사람 있다면 감싸주리
빛이 드네
사람과 사람, 나무와 나무, 짐승과 짐승
그렇게 그렇게 어둠 뒤에서 감싸 안는 것들끼리
서로 살려가는 길이 보이는 거리
거기 빛이 드네
하나가 다른 하나를 안고
다소곳이 어루만져주는
어둠 뒤에 사랑이 더 밝은 곳
더 빛나는 곳이 아니어도 좋다네
오늘도 오래된 한국인의 집 같은 우리 집에는
외국에서 이주노동자로 와서
오갈 길 찾는 사람이 오고 가네

12명, 9명, 7명 그렇게 함께 어우르다
오늘 멀리 우리의 옥토를 뒤지듯 일구던 사람
영하의 날씨에 일자리를 잃고
이른 아침 머물 곳을 찾아온다네
오늘 오후 논산역에서 기차를 타고 온다하네
시름을 안고 시름을 털며
낯선 우리 집으로 온다하네
7명과 만나 8명이 고향과 자기 나라 이야기를
가스렌지에 감자, 양파, 카레와 버무리며
또 하루의 꿈을 익히며 내일을 살러 가리

소망

낯설고 긴 날이었다
그렇게 다가온 한국에서 길고 긴 4년 10개월
가끔은 오갈 곳을 정하지 못하고 망연자실했고
가끔은 어린 딸을 두고 온 내 나라로 돌아가고자 했다
살얼음처럼 직장을 옮기려고 기다리던 날들
직장을 옮겨야 해서 쉼터에 머물 때
3개월 이내 다른 직장을 구하지 못하고
출입국관리소 직원에 적발되면 추방자
어쩔 수 없이
직장을 구하지 못하고 머무르게 되면 불법체류자
어쩔 수 없이 서러운 하루, 이틀, 사흘
천만다행으로 2개월 27일 되는 날 직장을 구했다
나는 다음 날 아침 해가 떠오르기도 전에 눈물부터 흘려야 했다
안도감, 안도감 때문이고, 고마움, 고마움 때문이고
내 나라에 두고 온 어여쁜 두 딸
아이의 미래가 밝아오는 느낌 때문이었다
내 이름 소망(걸빠나Kalpana)이 이루어지는 날에
쉼터를 열어주신 한국인 형부 앞에서 울고 싶어
언니를 불렀더니

형부는 아침 해가 떠오르기 전에 출근하셨더라
이제 나는 남은 소망을 품고 내 나라로 간다
내 나라에 또 다른 언니, 동생들과 오빠들이
나의 이름처럼 모두 소망을 이루기를 소망하며
며칠 남은 인사를 나누며 다시 소망을 품으러 간다

울지 마라

아이야, 울지 마라
울고 싶다고 눈물 난다고
다 울고 나면
내가 살아갈 남은 날
부둥킬 바람 찬 것들을 어쩌려고
오늘도 내일도
그리고 또 나날이
다가오는 날들도
아이야, 울지 마라
울다가 웃다가
그렇게 지치다가
하루가 가고 또 간다
그것이 인생이라고
지나온 세월이 널 가르치리라
어제도 오늘도
또 멀고 먼 지난날들도
오십 넘게 살다보니 알겠더라
쉬었다가 멈췄다가
천천히 천천히

그러면 보이고 그러면 알겠고
그러다가 또 한 걸음
그렇게 가다가다 지치면 쉬고
그렇게 한 생이
해 뜨고 지듯이 밝아지더라
그래 아이야
오늘 울음을 멈추고
내일도 또 멈추고
그러다 보면 웃게도 되더라
그래 그러니 아이야, 울지 마라

생과 사

나는 살아서 눈물 한 방울 흘리고

당신은 일면식도 없는 사람으로

오늘 밤 급히 저 밤하늘

어둠을 밝히는 별이 되어 버렸구료

언제나 이 깊고 깊은 절망의 우주에서

우리는 하나였소만

그래서인지 모르겠소

일면식도 없이 그대 떠나간 날 나는

내 마음에 슬픔으로 날 찾아온 그대를 생각하오

무슨 일인 것이오

대체 무슨 일이란 말이오

누군가는 가족을 만나

금의환향 기쁨을 나누고 있을 이 밤에

당신은 무엇이 급하여 저 멀고 먼

어둔 밤하늘을 밝히는 별이 되었단 말이오

삶과 죽음이 모두

한 하늘 한 땅 위에서 이루는 일이건만

당신은 반짝이는 슬픔이 되어 빛나고

나는 맑고 뜨거운 눈물방울로

살아있는 사람들을 달래려 안간힘이라오

그대나 나나

다 모르고 모르는 사람이건마는

그 누구보다 절절하고 절절한 사연을 품은 사람처럼

오늘은 잠 못 이루는 그리움이 되어 버렸구료

타국의 밤
- 뻐덤 구릉(Padam Gurung)의 편지

아무런 흐느낌도 없이
숨죽여 울었던 날
12월의 밤에는
찬바람이 옷깃을 여밀 여유도 주질 않았지

석가모니 부처님께서
멀리 길 떠나듯 떠나온 타국의 밤
벗들은 밤낮없이 일터로 나가
서로 여유로운 술잔도 나눌 수 없었지

오래된 타국이 익숙해지고
어려움도 모르게 어렵던 날들이 가고
형제의 이름도 잊고 살았던
15년 세월은 쓸쓸한 무덤이었네

이제 그리움도 접고 아픔도 잊고
타국에 노동자인 나에 벗들의 품에서 떠나가네
그대들의 손과 발이 다 내게로 와
나의 무덤을 덮어주는 12월 눈 내리는 날

나 또한 하얀 눈처럼

하얗게 타오르는 재가 되어

안녕, 안녕

히말라야 등성을 넘어 따습게 가네

---

* 뻐덤 구룽 잘가시게. 그대 가는 길에 따뜻한 마음들이 함께 했으니 그대에 벗들을 생각하며 평안하시길 바라네. 지난 날 수원 한독병원에서 장례식을 마친 네팔인이주노동자 뻐덤구룽 이 불법체류자라는 신분차별은 없으리라 생각되는 세상으로 갔습니다. 연화장에서 화장된 그의 넋은 아마 지금쯤 히말라야 고개를 넘어 아늑한 고향에 안식을 했으리라 믿어봅니다.

꿈을 위해 살다 간 영혼

영혼의 심장 네팔을 떠나온
젊은 청년이 꿈을 위해 살다 간 3개월
그의 두 다리가 잘려 나가는 동안
우리들은 무엇을 했던가
영혼의 허파라는
히말라야를 넘어 3개월
그의 꿈은
몸이 잘리듯 잘려가고 말았네
잘려 나간 두 다리에 붉은 피가
하얀 만년설로 뒤덮인
히말라야를 붉게 물들이는
아침 해와 저녁노을처럼
그렇게 천지에 영혼을 물들이고
그는 떠나갔네
아, 그리움도 남기지 않고
행불자처럼 가버린 그
그에 안식을 빌며
영혼의 허파를 따라
길을 내고 가길 기원할 뿐이네

선딥에게 보내는 편지

안녕! 선딥
너는 지금 어디 쯤에 있는 거냐
간 것은 알지만 어디쯤 가고 있는 건지 나는 알지 못해
갈 때도 말없이 가고
올 때도 말없이 왔던 너는
지금 어디쯤 가고 있는 거냐
지긋이 볼 보조개를 꽃피우며 웃던 너를
속절없이 떠나버린 날
나는 말없이 입만 굳게 다물고 말았지
산다는 것이 때로는 죽음보다 무서운 형벌인 것을
산다는 것이 가끔은 아무런 생각도 없이
그저 그렇게 입 다물어야 한다는 것을
히말라야를 넘어와서
따뜻한 바람 같은 웃음으로 인사하던 네가
가르쳐 주고 가는구나
나는 몰랐다
너의 그 밝고 맑은 웃음의 의미를
때로는 가혹한 슬픔을 품에 안고 울어오는 웃음이 있다는 것을
선딥! 잘 간 것이지

너의 고향 너의 고행이

이제는 멈춰 선 것이겠지

가고 난 자리에서 난 울지도 못하고

너를 기다리고 기다리지만

나는 가혹한 너의 안부를 알고 있단다

네가 간 히말라야 넘어

저 멀고 먼 그 자리에서

너와 내가 만나기에는

좀 더 시간이 걸리리라는 것을

안녕! 선딥 잘 가라

부디 그곳에서

너의 따뜻한 웃음이 세상을 밝게 비춰주길 바라지만

그렇지 않다고 해도 그렇지 못하다 해도

나는 굳게 입을 다물 수밖에 없어

그저 네가 가는 그 자리에서 너의 따뜻한 안녕을 빌 뿐이구나

부디, 안녕

부디, 평안하기를

생명
– 고인의 안식을 빕니다

낳은 자

태어난 자

사망한 자

떠나가 묻힌 자

모두가 다 귀하고 귀했던 것을

오늘 카트만두 트리뷰반 공항에서 난 사고로

누구는 여행자였고, 누구는 가족을 만나러 오던 중이었고

그런데 그런데 가난한 나라에서 박사가 되어 돌아오던 12명

그리고 15명에 관광업종사자

그리고 또 다른 다수가 아직 다 파악되지도 못했다

그 사이에 무엇이 그리 급한지

이미 별이 되어 검은 밤하늘에 반짝이고 있다

더욱 짙은 어둠 속을 찾아가

밝은 빛이 되어 반짝이며 어둠을 밝히려 했을까

산 자여

부디 안녕하라

슬픔

넋 없이 가는 생은 없으리
불과 몇 분 전 쓴 시
나는 생면부지의 고인에게
이 우주에서 함께라고 했었구나
그러나 그것은 아무것도 모르는 헛소리
나를 형부라고 부르는
네팔여성이주노동자와 함께 근무했다는 두 친구
그들이 오늘 사고로 세상을 떠났다고 하니
나와 모르는 생면부지의 고인은 어디에 있단 말인가
이 세상사 모든 생명과 우리는 다 하나다
이 인연의 고리에 묶인 고귀한 생명이어
안녕, 안녕, 안녕

꽃 도둑

오직 축원을 위해 쓰려는 일념으로 꽃을 훔쳤다
특정한 개인의 화분도 화단도 아닌 꽃을
먼 길 와서 이주노동자로 사는 사람과
결혼이주민으로 사는 사람
유학온 학생과 좋은 직장을 구해 사는 연구원들을 생각하며
훔친 꽃, 그 코끝을 파고든 꽃 향기에 취했다
3일 동안 이어지는 네팔인들의 축제를 위한 일
네팔인들은 꽃목걸이를 만들거나 구해서
개와 소 그리고 형제에게 걸어주며 축원을 빈다
동물을 향한 축원이
사람과 사람을 잇는 꽃 향으로 퍼지며
축원은 마무리 된다
그들을 향한 아파트 단지에 흐드러진 국화를 훔쳤다
이 꽃 도둑이
뻔뻔하게 도둑질한 꽃을
검은 비닐봉지에 담아 가지만
내내 꽃향기는 나를 밝은 자리로 끄집어내
도둑질한 마음은 어디 사라지고
나 몰라라 하며 웃고 웃게 한다

둘이 하나 되는 날의 축복

봄날이 오는 날
첫눈을 밝히듯 피어난 꽃처럼
너의 눈에 빛으로 온 서리타를

오늘은 첫날처럼 바라보오
세상이 막 시작인 것처럼
너의 눈 안에 든 서리타를

이제 황금색으로 이삭이 피는 가을
칸첸라즈는 서리타에게로 다가가
오롯이 서리타만 바라볼 것을 기약하니
오늘은 둘이 하나인 날로 찬란하구나

그렇게 오늘처럼
서로를 귀히 여기며
날마다 날마다 아침을 맞이하시길
그렇게 서로를 바라보시길

오늘의 기약 앞에 서로를 바라보며

손 모아 어린 날부터 노래하던 사랑을
"나마스떼! 나마스떼!"
그렇게 서로를 맑히는 인사로 살아가시길

오늘의 축복을 잊지 마오
둘이 하나된 오늘처럼
내일도 축복이 가득하기를

눈물

엄마
오늘도 엄마는
어제도 엄마는
엄마는 울고 있다
자식의 기쁨에
자식의 안위에
멀리서 생전 처음인
외국인 사위를 보고
그냥 운다
꿈이냐 생시냐
나도 따라 운다
기뻐서
오늘은 그냥 그렇게 안녕하세요

새날 아침에

뒤덮인 어둠 속에 침묵
다행스럽게 한 줄기 희망처럼
사라지는 침묵은 이웃집에서 흘러나온 음악
명상을 돕는 빛 같은 소리에 영혼이 빛을 본 듯
맑아지는 머리, 몸, 마음 그리고 호흡
걱정 근심이 새날 앞에 놓여 태산 같지만
그 근심의 앞날에 나를 바라보고
한마디 격려, 한마디 축복을 입에 문 사람들 있다
나도 사람들에게 격려와 축복을 전 할 때
내 앞에 드러난 새날에 사람들 고맙습니다
나무로 지은 집, 카트만두
히말라야에 산다는 신선이 보살피는 네팔
오늘도 새날에 영혼을 모시며 바라보겠습니다
나에게 다가온 격려와 축복을 주신 나의 영혼들
고맙습니다
그립습니다
평화롭고 행복한 날을 함께 가도록 힘쓰겠습니다
새날 아침
내 귀를 연 음악처럼 살겠습니다

히말 아래 모래 쉼터에 꽃이 피었네

영혼의 허파 네팔
나가라곳 5월 24일 아침
사라진 밤을 덮고 아침이 오고 있다
지나온 날이 상처였던 사람들
발 아래 성자로 살며 하늘을 바라보고
밤새 신호를 보내며 흔들리던 불빛이 된 사람들
태어나 처음으로 같은 하늘 아래
낯선 마을을 찾아온 사람들
며칠간 함께 했던 어우러짐 속에 영혼을 맑힌 사람들
그런 사람이 있네
그런 사람이 웃네
어제를 덮고 오는 아침처럼
지난 날에 고통과 상처를 덮고
사랑이 오네
그렇게 사람도 오네
그리움이 되어갈 사랑이 그렇게 오고 있네

아!
아♥

아★

3일 동안 크게 입을 벌리라던 사람들
3일 동안 크게 입을 벌리던 사람들
고분고분한 사랑처럼
그렇게 말하고 말도 참 잘 듣던 사람들
가고 나서 떠나고 나서
그 사람 모두가 보이지 않는 거리에서
그리움이 된 사람을 부르며 입을 벌리리라
그렇게 노래하리라
그렇게 살아가리라
그들이 사는 까브레 산 마을에서
밤하늘 별보다 밝은 영혼이 살아난다

산마을 집별들이 밤새 흔들리며
소리 내지 않고 웃고 울며 빛을 내었네
마치 먼 옛날에 낯선 길 떠나는 손사레 같은
그렇게 어둠이 덮인 산 마을에
아침 새도 낭랑하고 명랑한 지저귐으로 다가오네
며칠 동안 지친 몸을 다독이는

공기, 소리, 구름
조금 이따가 분명 서로를 바라보며 웃음을 나누듯
히말이 웃으며 모두에게 손 흔들겠네
그렇게 손 흔들며 한참 후
뜬 세월 지나고 나서 가닿지 못할 거리에서
서로 나눔이 되어 함께 하리라

위로하고 위로받고 살기를
– 리따 버스넷 시토올라 님의 영전에 바침

사람 좋은 길을 가며

이 사람 저 사람 만나게 되고

바람에 기댄 듯

정처없던 길을 가다가 만난 사람을

다정히 손잡아주던 사람이

이제 멀리 떠난 그리움이 남긴

안타까운 사랑을 따라

오늘이 멈춘 듯 가슴 아픈 날

가도 아주 간 것이 아니고

가도 떠난 것 없이 함께라고

리따 버스넷 시토올라 님은

그렇게 사람과 사람 속에서

언제나 평화로운 일상을 보내고

가도 못 간 길을 가다

오늘은 다시 한번 뒤돌아서

함께 꽃피어온 동산에

케이피 시토올라와 수유나 시토올라

수빈 시토올라를 살펴보고 웃네

슬퍼 마라 슬퍼만 마시라고 웃네

하는 말이 남은 사람을 위한 위로라고 웃네
가도 못가도 함께 웃고 살아온 날들
오늘 꼭 보듬고 갈테니
그렇게 내가 두고 가는 웃음 길 놓지 마시라
그것이 우리가 함께해온 약속이고
그것이 우리가 기억해야 할 사랑이오
우리는 그렇게 함께 영원 속에 있으리
나 리타 버스넷 시토올라와
케이피 시토올라 그리고 수유나 시토올라
수빈 시토올라는 영원히 함께
서로의 마음속에 살 것이니
안녕

아내가 아프다

곁을 지키는 사람
곁에 있을 수 있는 사람
참으로 부러운 밤이 깊어가고
내 마음은 참으로 깊은 슬픔이 맺힌다
검은 눈동자에 막이 벗겨져 아픈 아내
왜, 좀 더 일찍 알아채지 못했나
어제는 모처럼 깊은 여유를 즐겼는데
오늘은 어쩌다 그리 아픈 건가
대신 아파줄 수도 없고
아프다 하소연하는 아내가 가엾어서
멍하니 일터에서 헤매다가 외출 신청
홀로 견디고 있는 아내를 찾아 밥 챙겨주고
다시 출근했다
오늘은 두 번 출근했다
아픈 아내를 좀 더 일찍 챙기지 못한
내가 원망스러워 밤잠도 이루면 안 될 듯 아프다
눈이 아파 견디기 힘들어하는
아내를 위해 해줄 수 있는 게 없다
내일은 일찍 퇴근해서 종일 곁에서 함께 놀자

오늘은 차분히 좋은 잠자고
내일은 맑은 눈으로 밝게 일어서주길 소망해 본다

거처

  잠시 거처할 곳이 마땅찮은 이주노동자를 집에 들여 머물게 했
다. 오늘 나는 내가 사는 집을 떠나 대전에 있고 내가 사는 집에는
열네 명의 정처를 찾는 이주노동자들이 머물고 있다. 가끔은 한두
명이 머물다가 가끔은 대여섯이 머물기도 한다. 언제였던가? 쉼터
를 제공한 지 3년이 지났고 4년이 되어간다. 어느덧 400여 명에 가
까운 이주노동자들이 내 둥지에서 머물다 자신의 정처를 찾아 떠
났다. 가끔은 스스로 아내와 함께 참 대단한 일을 했다고 자랑하기
도 한다. 그리고 씁쓸하게 웃고 만다. 직립보행에 서툰 자본주의 부
적응자 같기도 해서다. 오늘은 멀리 창녕에 송이버섯농장에서 일
하는 이주노동자가 자신의 피땀이 맺혔을 송이버섯을 보내왔다.
보기에 너무 좋아 먹어서는 안 될 것만 같아 어느덧 그녀의 가족을
생각하게 된 내 눈가에 뜨거운 물방울이 맺힌다. 어쩌면 그녀는 자
신의 엄마에게 혹은 아빠에게 그리고 형제자매를 찾아 못 나누는
정을 나누고 싶었을 것이다. 고맙고 고마운 송이버섯을 이미 두세
차례 보내주었다. 400여 명 중 한둘이 인사해주는 고마움이 내게는
너무나 고맙고 고마운 일이다. 잠시 머문 거처를 생각하는 네팔이
주노동자 모두가 평화롭기를 소망하며__(())__
  수버까마나 석바이 네팔리 디디 버히니 허룰라이
  Suvakamana Sakbai Nepali Didi, Bahini Harul lai.

잘 가게. 아우

아우가 가는 곳에
따뜻한 바람이 불어와
사시사철 코땅의 비바람에 울어주던
새울음소리와 풀벌레소리가
다정다감한 일상을 함께 해주기를
낮이나 밤이나
오래전 떠나 못 만난
어머니, 아버지의 품속에서
아늑하게 재롱을 피우시게

형제자매가 서로 멀어
드나들지 못하고 산 세월
어머니, 아버지 품 안에서
다정하게 이야기 전하시고
형, 꺼허르만 라이가
곱게 꾸민 자네 사진
웃으며 부모님과 함께 보시게

그리움이 사무쳐서

폭설처럼 폭우처럼

거칠게 눈물이 앞을 가리는

자네의 형, 꺼허르만 라이가

오늘은 멀리 한국에서 우네

단 한 번도 울적했으되 울지 않았던

꺼허르만 라이와 사진으로만 자네를 본 내가

내일은 자네를 생각하며

함께 술잔을 기울일 것이네. 안녕

4
부

카트만두* 사랑가

나이 사십이 넘었는데
나도 몰래 첫사랑 같은 사랑이 찾아왔다
그가 너다

가슴이 설레어서
움켜쥘 그리움도 놓치고
오늘은 내리는 비를 보며
나는 너를 적신다
네게 내가 젖어 든다

하늘에서 오신 비가
땅속으로 스미듯
그렇게 스며드는 사람이고 싶다
그렇게 스며드는 사랑이고 싶다

그가 너다
사람이다 그리움이다
그가 사랑이다

평화다 통일이다

그가 처절이다

그가 나다

---

* 카트만두 : 나무(wood)로 지은 집(house)이라는 뜻의 네팔어

신과의 대화

사람은 신을 헛갈리게 하지 않았다
신이어
당신이 정녕 존재하는가
그렇다면 난 그대를 향해 공포탄을 쏘리라

신이어
당신은 왜 사람들을 헛갈리게 하는가
그것이 정녕 전능한 자의 특권이란 말인가
그렇다면 난 그대에게 마음을 비울 것을 권하노라

그래 당신은 사람들을 무지하다 말하는가
그렇다면 더욱 더 무지한 사람들을 헛갈리게 하는가
이제는 허송세월 보내지 말고 기만을 멈추시라

카트만두에서 바라보는 하늘이나
세상 어느 곳에 하늘이나
한 곳에 이르는 길이라면
신이어
이제 인간과 대화하라

신이 정녕 평화를 사랑한다면 나는 신을 믿어보리라.
신이어
더 이상 사람들에게 시효 없는 믿음을 강요하지 말고
내가 신에게 시효를 줄테니
신이어
그대가 사람들을 믿어라

더 이상 사람들을 헷갈리게 말라
사람들은 신을 헷갈리게 하지 않았다

걸인과의 대화

용서하시오 걸인이어
그대의 일상은 나를 가혹하게 해
그대를 만나는 자체가 내게는 형벌과 같은 아픔이니
빗겨서며 외면하고 있는 나를 내가 못마땅해 하오
하지만, 그러면서도 당신에게 다가가
손 내밀지 못하는 나를 용서하시오

자비는 그대에게 주어진 특권이니
그대가 내게 자비를 베푸소서
아침 타멜 거리의 활기찬 일상의 아픔을 보며
난 그대를 희롱하는 낯선 타국 사람
노랑머리의 사나이를 보았소

그는 그대에게 검지를 펴 보이며
1루피면 되느냐고 수차례 희롱하였소
내게는 그런 타국 사람이
나보다 더 이상적인 사람으로 보였소
외면하지 않는 그 모습이
내가 당신을 보지도 못한 듯 외면하는 것보다

사람다워 보였기 때문이오

걸인이어

그대가 날 용서하오

나무로 지은 집*

느린 걸음으로 길을 간다.

카트만두 사람들이 느리게 웃는다.

나무로 된 집에서 느릿느릿 잠에서 깬다.

아침이 밝았다.

하늘 가운데 흰 달과 함께 떠 있는 해

오늘도 사람들은 느리게 화를 낸다.

낮 걸음이 더욱 느리게 되는 것은

하늘 가운데 뜬 햇살이

무겁게 그들을 짓누르기 때문이다.

운전대를 잡은 택시 기사가 졸고 있다.

택시 기사의 졸음을 따라 구걸을 하던 거지도 졸고 있다.

나그네는 구걸하는 자의 눈길을 피하기 바쁘다.

길 가던 외국인을 본 아이 엄마

순간적인 빠르기로 달린다.

아이를 위해 그렇게 달리면서 하루를 보낸다.

살리기 위해 그렇게 달리면서 하루를 보낸다.

길을 멈춘 나그네 생각

녹초가 될 법도 하고 지쳐 하루쯤 쉴 법도 하다.

나그네의 한가한 타령이다.

그는 그렇게 구걸하다 하루를 보내고
나는 그렇게 타령하며 길 가다 하루가 간다.
사람들은 저마다 하루를 산다.
그렇게 하루가 죽었다.
그렇게 하루를 살았다.
타령 같은 아픔 달랠 수 없어
옴짝 없이 숨죽이며 길을 가다
외면하는 법을 배운 자신이 기특하다.
아! 나그네, 나그네여.

---

* 나무로 지은 집 : 네팔어로는 카트만두

비에 젖은 카트만두의 하소

우기의 열대에는 사막도 청량하다
오아시스처럼 청량한 거리의 공기를 마시며
이방인이 걸음을 옮겨 딛을 때마다
아픔도 비에 젖은 길을 서슴없이 따라나선다
무릎 꿇은 아픔으로 거리를 헤매며
아픈 길도 잊고 생존을 위해
구걸을 멈추지 않는 아! 사람이여

그 앞에서 또 다른 젊음이
무릎을 꿇고 비에 젖은 아픔을 따라 길을 나선다
왕궁과 그의 거리는 1분 거리도 아니다
왕궁과 그의 거리는 10분 거리도 아니다
그러나 그의 걸음만큼 먼 거리에서
권력을 상실했다는 왕은
여전히 오아시스의 사냥꾼처럼
호화롭고 호화롭다

아픔을 넘어 눈물의 빗방울이
흰 햇살을 받고

검은빛 무지개를 따라
흰 산머리의 히말을 넘는다

뚜욱 뚜욱
그리고 꾸벅 꾸벅
젖은 아스팔트 위에 슬픔의 피가 자란다

신이 주신 가혹

살아가는 동안 사람들은 많은 경험을 하고 산다
살아가면서 죽어가고 있음을 알고 많은 가혹도 안다

가혹에 치를 떨지만
가혹이 진정 무엇이었던가
많은 사람들은 상처에 진저리를 치며
상처만이 가혹이 아님을 안다

신이 주신 선물 하나
그리움에 치를 떨어 본 사람은 안다
시간이 지나며 잊어질 그리움이 있고
굴속을 향하듯 깊어지는 그리움이 있다

사랑에 지친 사람이 사랑을 그리워할 때
사람에 지친 사람이 사람을 그리워할 때
그때가
몸을 칭칭 감고 도는 그런 그리움의
통곡 같은 사슬에 묶일 때가 아닐까
멀어진 기억 속

멀어진 몸과 마음속
그리움이 나를 감고 돈다

저 멀리 하늘 자리에 구름처럼
천지간을 그리움으로 가득 채워놓고
나의 그리움도 나를 칭칭 감고 돌며
그리움을 가득 채운다

아! 이런 가혹도 사랑할 수 있다니
삶이란 참으로 경이롭다

총구의 힘

총구의 힘은 어디에서 나오는가
묻지 말자
묻지 않아도 될 것을
굶어 죽는 사람이 사는 땅에서
총과 칼이 존재한다는 것을 알고 있다
알지 말자
알지 않아도 될 것을
이제라도 거두어야지
거두어야 할 것들이 있으니
이제라도 그렇게 해야지
힘없이 거리를 걸으며 뒤척이는
어미 소와 어린 송아지가 있다
네팔 카트만두 거리에 모습
어느 곳엘 가도 그 모습 볼 수 있으니
왕과 국민이 그렇게 길을 가고 있는 것처럼
뒤척이는 네팔 땅에서 나그네도 절로 눈물짓네
이 비극의 종점을 두고 누가 샹그릴라라 말했나
나그네의 허망한 숨소리, 아마도 나그네의 헛웃음 소리
어서 총구의 야욕을 거두지 않는다면

왕궁 가는 길목에 더 이상 꽃도 피지 않으리라
이 비극의 종점에서 이제 거두어야 하네
아! 비극의 정점에서 이제 거두어야 하네
총구의 야욕을
그저 그렇게 사는 것이
초점 잃은 아이의 눈에 빛을 주는 길이네
그저 그렇게 사는 것이
어미 소와 어린 송아지가 힘을 찾는 길이네
그저 그렇게 사는 것이
진정 샹그릴라로 가는 길이네

신과 사람

신은 죽었다
신을 믿는 사람들이 신을 죽였다
멀쩡한 사람조차 의심의 눈빛으로 바라보는 신은 죽었다
혹여 그가
혹시 그가 신을 쓰러트린 것은 아닐까
신을 쓰러뜨린 사람을
신을 믿는 자들이 신을
도마 위에 무 자르듯 잘라버리려고 한다
신을 쓰러뜨린 꼴을 못 본
신을 믿는 자들이 신을
도마 위에 마늘을 으깨듯 사람을 으깨려 한다
발전된 나라에서는 신을 믿는 사람들이 신을 죽인다
살 수 있는 신도 죽인다
밝은 눈빛으로 살아가며 꽃으로 필 신도 죽인다
가난한 나라에서는 죽은 신도 산다
가난한 나라에서는 죽어가는 신도 살린다
가난한 나라에서는 신음을 앓는 신도 없다
가난한 나라 네팔에서
쓰러진 신을 일으켜 세울 힘도 잃고

신을 경배하는 모습을 보았다
길 가는 사람이 미심쩍게
사람들을 신으로 믿어버렸다
쓰러진 신을 두고
신을 경배하는 나라에서
쓰러진 신을 일으켜 세우지 않고도
신을 경배하는 나라에서
아! 헐벗은 위대함이어

헐벗은 자들이 신이었다
그들은 무엇을 내어줄까를 고민했다
그 고민 속에 활짝 꽃이 되어 피는 신이어

신이 길을 가다

신이 길을 가다가 웃었다
칠레 산티아고에 비가 내렸다고
신이 길을 가다가 웃어버렸다
네팔 카트만두에도 비가 내린다고

신이 길을 가다가 주저앉아 버렸다
워싱턴에 부시가 길을 가다 멈추었다고
부시가 생각에 잠기는 순간마다
나뭇잎 지듯이 사람의 목이 뚝뚝
빗방울처럼 떨어져 내렸다

신이 길을 가다가 주저앉아 버렸다
이라크 바그다드에
한 시민이 돌멩이를 들었다고
그때 빗방울처럼 떨어져 나가던 것들이
꽃이 되어 날아올랐다

신이 길을 가다가 멈추어 서서
그냥, 섭섭해했다

왜들 신만 빼고 난리냐고
왜들 신만 빼고 살신성인이냐고
그렇게 오늘 신은 모독당하고 있다
하지만 길마다 신의 이름 찬란하다
신짝 한 켤레의 권위도 갖지 못한 채

안타까운 신이어
철부지 헌신짝이어
아! 바그다드여 팔레스타인이여 레바논이여
아! 사랑이여 평화여

카트만두 레비카

수산트는 여섯 살의 아이다
레비카는 열두 살
그의 아버지도 어머니도 외할머니도
하루 종일 재봉틀에 기대어
수산트와 레비카 그리고 그들의 밥상을 차린다
네팔의 수도 카트만두에 레비카가 살고
일본에는 뿌자가 살고
한국에는 러메쉬가 살고 있다
그들에 친구들도 그렇게 한국에 살고 있다
내 조국의 사람들도 그렇게 흩어져 살고 있다
외로움도 기쁨도 견디며 그렇게 살고 있다
흙먼지 바람에도 긴 머리 생기 있게 흩날리듯
맑은 눈동자를 빛내며 힘차게 살고 있다

겨울밤

긴 밤 단잠을 깨운 카트만두의 개 짖는 소리
오늘은 여우나 늑대의 슬픔을 대하듯
더없이 슬픈 곡조로 울려 퍼진다
개들도 슬픔을 공유하는가?
하냥 짖다 멈춘 개소리
저 멀리서 하모니 하모니 하며
리듬을 맞추어 짖는 개가
마치 나도 니맘 알고
니도 내 맘 알잖아 식으로
내 맘을 다독인다
어제도 오늘도
지진 이후 새 희망이었던
네팔에 새 헌법은
하루하루 병든 네팔의 지도자들 입에서
파죽이 되어가는 인민의 슬픔은 아랑곳없이
세련된 미사여구 멋진 말솜씨로 포장되어
빛을 발하고 있다
아침 6시면 아내는 라디오 정규뉴스를 침묵으로 듣고
"입만 살았구나! 입만……!"

나는 그 곁에서 중얼댄다

그러기를 몇 개월 나의 몸도

병든 네팔의 지도자들처럼 게으르다

핑계를 대자면 너무나 많은 이유가 다행인

슬픈 공화국 네팔 카트만두 계곡에서

오늘도 슬픈 대지의 곡을 대신 울어주는

개가 고마운 카트만두의 밤이 가네

아침이 오며 싸늘하게 불어오는 히말 바람이

동녘 하늘 밝은 해와 함께 오듯

네팔 사람들 카트만두 계곡 사람들에게도

그런 슬프게 불어오는 얼어 죽을 것 같은 바람이

밝은 해처럼 따뜻한 희망을 함께 가져오겠지

간절함에 대해

모든 것이 다 드러난 사람들이
감출 것이 무엇이 있다고 생각하길래
나는 말했다
말 없는 말, 그것은 사람에 대한 기도다
보면 보이는 것을, 감춘다고 감춰지는 것이 아닌 것을
21세기 거리에 바람처럼 떠도는 사람들이
컴퓨터 영상에 비춰진 가짜를 진짜로 믿고
거짓말처럼 참말을 하고
참말을 거짓말처럼 한다
그것이 21세기에 비춰진 거울 같은 사람의 마음
모든 것을 버린 사람에게
나도, 나도, 나도 그렇게 말한다
하지만 나는 그 어떤 것도 버리지 않았다
더 많은 것을 차지하기 위한 간절한 기도가 있다
내게 더 많은 것 그것은 사람이다
북풍한설, 히말라야의 찬 바람에도 굴하지 않을
부드럽고 부드러운 따뜻함이 사람 속에 있다는
매우 평범한 일상에 비밀을 나는 알고 있다
아니 알아버렸다

그것이 나의 간절함에 대한 인식이다

그래서 사람만 믿고 가는 길에

참말을 하고 거짓말을 하고

그것을 따져 물을 필요없이 거울 속에 비춰진 양심의 눈에

스스로 알고 있으면서도 외면하는 고통을 왜 간절하게 안고 사는지

그 고통으로 사는 사람들에 안타까운 일상을 서글피 바라본다

행복하기 위해 산다면 그럴 필요 없지

굳이 그럴 필요 없지라고 나를 달래며

나는 오늘도 성난 개처럼 끌어오르는 분노를 재운다

나의 분노를 달래며 깊이 잠들라 말한다

5.
부

아직 피지 못한 꽃의 변명

아무런 일도 하지 않았습니다
아무것도 할 수 없었기 때문입니다
아무런 아픔도 느낄 수 없을 만큼 슬펐지만
우리는 아무것도 표현하지 못했습니다
그래야 하는 줄 알았기 때문입니다
하지만 우리는 아직 새롭습니다
어머니도 아버지도 내게 서로 그리움인 것처럼
세상이 온통 그리움이기 때문입니다
제가 사는 집에 꽃이 피었습니다
할 말 못 하는 우리처럼 그렇게 피었습니다
곧 할 말이 시작되면 우리는 어른이 되어서
이곳을 떠나 있을 것입니다
어린 날에 동산
어린 날에 추억이 머무는 곳
그곳을 사랑하겠습니다

히말과 시인

히말을 본다
아! 하는 짧은 탄성
그리고 입을 닫아 말한다
옴 마니 반메홈!
옴 나바 시바헤!

숫타니파타

네팔 남부와 서부를 잇는
고속도로에는
여전히 부처님이 즐비하다
그곳에서 오신 부처님 한 분이
어제 돌아가셨다*
숫타니파타라 노래 부르다

———————————

* 돌아가셨다 : 이주노동자가 밤새 목숨을 잃었다.

네팔 친구에게

어디로 가는가
한발 또 한발
발걸음을 옮겨 딛을수록
깊어지는 산골짝
깊은 계곡을 헤어날 수 없는
절망 같은 일상

어디로 갈까
한발 또 한발
멈추지 마오

가다가 지치고
가다가 막혀도
그대 삶의 진정은 신의 것이니
깊은 계곡 속에 머물러도
행복이 그대를 향해 미소 지으리

울지 마오

닭이 운다
아침이 운다
새가 운다
아침도 지저귄다

머물 길을 찾지 못한
카트만두 사람들의 눈물 같은
닭 울음소리 새 울음소리
늦은 밤길에 개도 운다

먼 길을 떠나온 나그네는
그 슬픔에 하소할 길 없이 고독하다

고행

산이 높고
협곡이 깊고
낮은 산도 높고
높은 산도 낮고
그렇게 살아가고 살아오는
네팔 사람의 삶처럼
한없이 오르고 내리며
걷고 걷는 길 위에
또 다른 길이 나 있다
길과 길이 나란히
사람과 사람을 이어주듯
포개지고 또 이어지며
천지간을 이어주고 있다
그렇게 세상을 이어주고 있다

너, 너머

안에 갇혀만 있다가는
아픔만 그리다가 말지

볼 수 없는 그리움에 숨죽이는 밖
날 그리워하는 그를

안인 나를 아파하다
밖인 너, 너머에 그리움을 몰라

눈물을 닦아주지 못해 아픈 마음이
당신을 아프게 할 수 있다는 것을 알지 못해

아프게 하고 있다는 사실에
마음 아픈 당신을 보며

기억

머나먼 땅에 봄이 가득
벅차게 땅 밖으로 무언가 솟구쳐 온다
눈앞에 보이는 사람이 그립다
그를 그리워한다
대체 알 수 없는 이 그리움은
기억에도 없는 눈앞의 현상
이 기억에도 없는
그리움은 어디에서 달래볼까

어찌할까
이제 떠나온 봄 길을 되돌아 가볼까

풍경 속의 고독

맨발과 흰 구름 같은 아이들
내팽개쳐진 모습으로 택시 안을 기웃거린다

그 아이의 해맑은 영혼은
혹여 택시 안의 사람이
자신에게 작은 구원이라도 해줄까

하소하고 하소연하는 해맑음이어
흰 구름 같은 아이가 걷는다
카트만두 대로를 맨발로 걷는 아이
그 고독이 애처롭다

하늘도 그 고독을 위로하려고
애처롭게 눈물을 흘린다
비가 그 고독을 따라 흘러내린다

하지만 신은
아이의 해맑은 영혼을
그저 멍청하게 바라보고만 있다

사람

길을 따라 살아가며
길을 만들고
길을 만들며
길이 되기도 하는 사람들
길을 만들며
길을 외면하는 사람이
길에서 낳고
길에서 자라며
길에서 죽는 사람이
그 길을 모독하니
이 처참한 절망을 어찌할까
그 길에 선 수많은 욕망덩어리들
그가 또한 사람인 것을

울음소리

밤에는 개구리가 울고
아침 산새가 운다
그 뒤를 따라 닭 울음소리 아름답다
개 짖는 소리 아이의 잠을 깬다
어른들의 뜻 모를 싸움도 총소리도
아이들의 영혼에 상처를 남긴다

비 오는 날 밤 고양이

카트만두 라짐빳의 비 내리는 밤
엄마 잃은 고양이가 울고 있네
길 잃은 아이처럼 사람 소리를 내며
젖은 비에 가련함을 더하며 울고 있네
창을 열고 드는 빗소리에 하소처럼
덧없는 눈물의 길이가 길어져서
나그네도 따라 울고 있네

쓴 커피를 마시며

생명을 안고 줄지어 병 치료를 위해 안간힘 쓰는 사람들이 있다. 아프다고 말하지 않고 굶주림에 더없이 초롱처럼 빛나는 눈빛을 반짝이는 대낮을 슬피 우는 사람이 있다. 사람과 사람들이 만들어 낸 폐수를 밟고 걸으며 병든 생명을 구하자고 줄지어 섰다. 엄마들이다. 아프지만 손 내밀지 못한 내가 너무 아파 도망쳐와 호텔에서 홀로 쓴 커피를 마시며 손 내밀지 못한 나, 손 내밀 수 없는 처지의 나를 보며 마더테레사 수녀님이시여! 아직도 여기 기다리는 사람들이 있사옵니다. 말을 건네며 지친 커피한 잔 마신다.

고깃집 주인과 개

고기 맛을 아는 개가 고깃집 주인을 물끄러미 바라보고 있다

나는 개의 얼굴을 바라보며 안타깝고 고깃집 주인을 바라본다. 고깃집 주인은 못본 채 딴짓에 열중하고 길을 지나는 나는 개도 고 깃집 주인도 번갈아 보며 내 길을 간다

길을 걸어 돌아온 나는 여전히 되새김하며 개와 고깃집 주인을 떠올린다

먼 산, 바라다볼 수 없는 멀고 먼 히말 계곡과 멀고 먼 히말 아래 산언덕에 땅이 갈라진 곳에 갈라진 이승과 저승에 사람들에 사연 이 남아 서로 간절하고 서로 안타깝게 외면하는 고깃집 주인과 개 그리고 내 마음은 안타깝기만 하다

안타까운 히말 계곡과 히말 언덕에 사람들을 오늘도 막연히 그리 운 마음 따라 언젠가는 찾아보리라 다짐해본다

사색·1

멈칫멈칫하다 놓치는 것들
멈칫멈칫 사색하고
멈칫멈칫
그렇게 가는 세월 간에 사람들이 살고 있다

걷고 걷다 놓치는 것들
걷고 걷다 사색하는 동안
자신을 뺀 나머지 것들에
걷고 걷던 사람들 눈이 멀어 간다

욕심, 욕심, 욕심
그냥 그렇게 가다 보면 보일 길인데
모든 것을 버린 것처럼 잘못된 생각에 무너지는 것들을 어쩌랴
그냥 그렇게 조금은 멍청해지길 바란다
시대의 지도자라는 사람들에게

사색·2

물이 흐르기에 물 흐르는 것을 보았네
물 흐르는 소리가 나기에 그 소리를 들었네
쉬지 않고 지저귀는 새가 있어 그 소리를 들었네
날아가는 새가 있어 날고 있는 새를 보았네
나비가 날기에 나비를 보았네
소리도 없이 나는 나비의 몸짓을 보며
그의 소리는 울림이라 생각하기로 하네
그렇게 걷고 걸으며 멍한 사색 속에서 즐거움을 얻었네
오늘은 참 즐거운 날이구나
한없이 걷고 걷는 무료함 중에

내게로

어쩌다 머뭇거리지
가끔은 못 살 것처럼 그렇지
어쩌다 안절부절
가끔은
무수히 많은 영광과 기쁨도
가끔은 내 곁을 함께 하지
하늘에 뜬 별들이
마치 내게로 와 안기듯이
가끔은 벅차게 소중한 인연도
가끔은 내가 다 바라보지 못할 사랑도
어쩌다 못하는 인사들도
다 기웃기웃 못 본 그리움에
어쩌지 못하고 주저주저
그래서 우두커니 멈춰 서면
세상이 절로 답을 가지고 내게로 와

밤

어둠 안에서
깊은 한숨처럼
깊이 쉬고 있는가
포물선을 긋고 낙하하는 유성처럼
어둠 안에 줄지어 선
별이 되어 반짝이는 사람들
이제 더 깊은 밤으로 떠나려는가
빛이 사라지듯이 한밤의 악몽도
어느 날에는 사라지고 말 것이야
그래야 밤을 나설 수 있을 테니까
그래야 아침을 맞을 수 있을 테니까
오늘 밤 하나 사라지고
또 다른 밤이 오고
그렇게 밤은 밤에 징검다리가 되어 가는가

고요한 도시

어울리지 않는 고요가 두려운 도시에 풀벌레소리, 어진 바람소리
도 멈춰버렸다. 난민 없는 전쟁 같은 도시에 사람들이 사는 모습을
보면 난민들끼리 모여 살며 전쟁을 피하기 위해 투쟁하고 사는 것
만 같다. 도시를 삼켜버린 고요가 두려운 밤이 깊어지자 맑은 물속
처럼 투명해지는 영혼에 가닿는 듯하다. 밤이면 슬피 우는 새처럼
하소 깊은 개들이 짖어대던 카트만두에서 오늘은 도시가 고요히
깊은 잠에 빠져버렸다

울지 마라

울지 마라
울지마
그렇게 안타까워 달래다 내가 운다
힘내라고 말하며 위로하고 위로하다
제발 힘내라고
그렇게 말해 놓고 내가 힘이 다 빠져 축쳐진다
그리고 한걸음, 한걸음 옮겨 딛고 두 걸음 딛고
지난 4년 10개월 전에 네팔에서 한국으로
꿈을 꾸며 이주노동자가 되어 왔던 친구가 오늘 금의환향했다
그는 안녕하건만
그가 금의환향한 날이 슬픔의 날이 되었구나
가족과 함께 벗과 함께 기쁨이 넘칠 오늘에
소곤소곤 웃으며 소곤소곤 기뻐할까
울지 마라
울지마

행동하는 시성詩聖을 향해
더불어 나아가는 실천적 시詩

정 세 훈(시인, 노동문학관 관장)

1

사람과 사람 사이의 연분 또는 사람이 상황이나 일, 사물과 맺어지는 관계를 인연이라 한다. 이 인연을 함부로 가볍게 대하지 않고 의로운 마음으로 진중하게 대하며 더불어 살아가는 것이야 말로 참된 삶이 아닐까 싶다. 그렇다면, 함부로 가볍게 대하지 않는 것이란 무엇인가. 거기엔 수많은 뜻이 내포되어 있겠지만, 함축하여 정의한다면 그것은 바로 '사랑'일 것이다. 그러기에 성경에서도 "네 이웃 사랑하기를 네 자신과 같이 사랑하라" 하지 않는가.

김형효 시인은 인연을 함부로 가볍게 대하지 않는, 의로운 마음으로 진중하게 대하며 더불어 살아가는, 사랑이 아주 충만한 시인이다. 시인이 2016년 11월부터 이듬해 3월까지 한겨울 칼바람 속에서 불의함에 맞서 진행된 박근혜 정권 탄핵 촛불집회에 열성을 다해 더불어 동참하는 모습에서 그것을 읽을 수 있었다. 시인에 대한 이러한 필자의 믿음은 이후 한국작가회의 자유실천위원회가 펴낸 2016-2017 천만촛불광장의 시, 시집 『촛불은 시작이다』에 발표한 그의 「촛불 타는 밤을 노래하네」 시를 접하고 확신할 수 있었다.

"그 차고 버거운 시린 바람 속에 선 어린 손들, 주름진 손들/손에, 손에 희망 하나 들고 서로의 징검다리가 되어/저마다의 가슴속에 품은 순결한 꿈을 태우며/서로의 어깨를 맞대고 절망하지 않기 위해 노래하네." (「촛불 타는 밤을 노래하네」 부분)

촛불집회는 불의한 권력의 탄핵과, 아울러 불온한 자본의 급습으로 피격되어 무참하게 무너져 지극히 개인주의와 이기주의로 몰락해 가는 우리 사회를 이웃에 대한 사랑이란 무기로, 더불어 살아가는 건강한 사회로 다시 일으켜 세우는 단초가 된 혁명이라 명명해도 과언이 아닐 것이다. 그 혁명은 시인이 노래했듯 우리의 현실이 "차고 버거운 바람 속에" 처해 있지만, "손에, 손에 희망 하나 들고 서로의 징검다리가 되어" "저마다의 가슴속에 품은 순결한 꿈을 태우며" "서로의 어깨를 맞대고 절망하지 않기 위해 노래" 하는, 다시 말해 우리에게 인연을 함부로 대하지 않는 사랑이 있기에 이룰 수 있었던 것이다. 시인은 이번 신작 시집 『히말을 품고 사는 영혼』에서 충만한 자신의 이웃사랑을 히말라야 산맥이 품고 있는 네팔에 집중적으로 쏟아내고 있다. 왜일까? 시인이 아래 시에서 밝혔듯 시인의 아내가 네팔인이라서 일까? 결코 아니다.

서기 1972년 1895미터 히말 아래 산마을에 아이가 울음을 터트리며 태어났다. 그리고 그 아이는 수많은 별과 대화하고 맑은 룸자타의 하늘을 수도 없이 쳐다보며 산바람을 호흡하며 자랐다. 지금은 한국에서 살고 있다. 룸자타의 밤하늘 별들도 말을 걸어오듯 반짝이더니 풀벌레들도 자신들에 조상과 놀던 소녀의 소식을 전설처럼 듣고 알고 있다는 듯 아침까지 소리쳐 울어댄다.

　　-「아내의 고향」 전문 -

　시인의 아내 먼주 구릉(Manju Gurung) 씨의 고향은 네팔 수도 카트만두에서 차편으로 15시간을 가야하는 오컬둥가 룸자타라는 곳이다. 오컬둥가는 오목돌이라는 뜻을 갖고 있다. 시인은 2002년 불법체류 네팔이주노동자들을 위한 한국어 교재를 최초로 만들었다. 이 계기로 네팔이주노동자들의 기를 세워줄 일이 없을까 고민하다 네팔의 문화 예술을 한국에 알리기로 했다. 이의 일환으로 문화관광부의 후원을 받아 네팔의 저명 화가 10인의 작품전을 국내에서 가졌다. 당시 이 소식을 취재한 네팔 현지의 신문사 여기자와 인연이 되어 부부의 연을 맺었다. 이렇듯, 먼주 구릉(Manju Gurung) 씨와 부부의 연을 맺은 건 시인이 네팔에 사랑을 쏟기 시작한 한참 후다. 시인은 각별한 사랑으로 네팔에 천착하게 된 이유를 다음 시편들에서 여실히 밝히고 있다.

　몇 해 전 울어보았다
　노동의 이주를 통해 삶을 복되게 하려는 꿈을 살러

대한민국에 와서 맥없이 목숨이 져버리는 안타까움 때문에

어제는 자살한 이주노동자 소식이 있었다

어제는 사고로 목숨을 잃은 이주노동자 소식이 있었다

어제는 잠을 자다가 아침을 맞지 못하고 목숨을 잃은 이주노동자 소식이 있었다

오늘은 또다시 사고로 목숨을 잃었다는 소식이다

이틀 동안 네 명의 목숨을 앗아간 대한민국 이 모두 믿기 싫은 사실이다

그런데 나는 지금 냉동인간이라도 되어버린 것인가

눈물도 나지 않는 내가 낯설다

안타깝지만 구체적인 분노도 방향을 찾지 못하고 흔들리는 밤이다

어디로 발걸음을 옮겨야 할 지 방향을 찾을 수 없어 망연자실이다

방향을 찾지 못한 나는 감정을 흔들며 술이라도 마셔야 할 것 같다

그래야 눈물 나는 사람으로 살 것 같아서다

이런 사람도 살고 있다.

연이은 생명 귀하고 귀한 젊은 타국 청년들에 주검

아! 이 잔혹한 노동의 이주는 어쩌다 주검의 이주로 바뀌었나

살고 볼 일이라고

살아서 볼 일이라고

가끔은 나를 만나는 네팔이주노동자들에게 말하고 있다

노동자여 죽지 말고 살자

살아서 살아서 살아서 볼 일이다

그저 나의 한탄은 푸념일 뿐이구나

살아서 살아서 살아서 볼 일이다

노동자여 노동자여

이 밤을 견디기 힘들다고 나는 향을 피우네

이 밤을 견디기 힘들다고 나는 촛불을 피우네

그리고 막걸리를 마시며 그대들의 안식을 빌어보네

아트마여 아트마여

이 지상의 타파스를 다 넘고 넘어가 안식을 비오

-「노동의 이주」 전문 -

잠에서 깬다

지친 몸은 꿈이라는 이유로

목을 매고 일터로

그렇게 종일 노동을 일상으로 산다

사는 것이 사는 것인지 모르게

2017년 오늘까지 매주 전해져오는

꿈과의 이별, 이 세상과의 이별

그들은 어쩌다가 우리에게 와서

그렇게 허망을 두고 가버리는 걸까

자다가 아침을 못 보기도 하고

아침에 일어나 일터로 가서는 밤별을 못 보기도 하고

누군가는 세상에서 가장 밝은 빛을 보며 일하다

그날 밤에 보기로 한 사랑하는 사람의 얼굴도 못 보고 갔다

아내는 어쩌다 그런 소식을 알리는 안타까운 기자인가

헤이, 헤이, 아이고, 아이고, 왜, 왜

아내의 탄식이 날로 속상하고 거칠어진다

나도 따라 또 아이고, 아이고, 정말 왜 그래

2017년 6월 15일 오늘 아침에도 한 노동자가 세상을 떴다

대우조선소에서 일하다 6미터 상공에서 작업 중 추락 병원 이송 중
사망

옴 마니 반메훔! 옴나마 시바헤!

_()_

-「이주노동자들의 일상을 보다 -죽어가는 세상」 전문 -

　위 시편들에서 시인이 "어제는 자살한 이주노동자 소식이 있었
다/어제는 사고로 목숨을 잃은 이주노동자 소식이 있었다/어제는
잠을 자다가 아침을 맞지 못하고 목숨을 잃은 이주노동자 소식이
있었다/오늘은 또다시 사고로 목숨을 잃었다는 소식이다"(「노동의 이
주」 부분) 또는, "2017년 6월 15일 오늘 아침에도 한 노동자가 세상
을 떴다/대우조선소에서 일하다 6미터 상공에서 작업 중 추락 병
원 이송 중 사망"(「이주노동자들의 일상을 보다 -죽어가는 세상」 부분)이라고
안타깝게 진술했듯이 열악한 노동현장에서 목숨을 잃는 이주노동
자들의 현실은 암울하기 짝이 없다. 시인은 이들의 현실을 이번 시
집 3부에 실린 「침묵」 「소망」 「생과 사」 「타국의 밤」 「꿈을 위해 살
다간 영혼」 「선딥에게 보내는 편지」 「슬픔」 「위로하고 위로받고 살
기를」 「잘 가게. 아우」 등의 시를 통해 비통하게 담고 있다. 그 비통
함에 머물지 않고 "이틀 동안 네 명의 목숨을 앗아간 대한민국 이

208

모두 믿기 싫은 사실이다/그런데 나는 지금 냉동인간이라도 되어 버린 것인가/눈물도 나지 않는 내가 낯설다/안타깝지만 구체적인 분노도 방향을 찾지 못하고 흔들리는 밤이다"(「노동의 이주」 부분)라는 자아를 실천하기에 이른다.

　잠시 거처할 곳이 마땅찮은 이주노동자를 집에 들여 머물게 했다. 오늘 나는 내가 사는 집을 떠나 대전에 있고 내가 사는 집에는 열네 명의 정처를 찾는 이주노동자들이 머물고 있다. 가끔은 한두 명이 머물다가 가끔은 대여섯이 머물기도 한다. 언제였던가? 쉼터를 제공한 지 3년이 지났고 4년이 되어간다. 어느덧 400여명에 가까운 이주노동자들이 내 둥지에서 머물다 자신의 정처를 찾아 떠났다. 가끔은 스스로 아내와 함께 참 대단한 일을 했다고 자랑하기도 한다. 그러고 씁쓸하게 웃고 만다. 직립보행에 서툰 자본주의 부적응자 같기도 해서다. 오늘은 멀리 창녕에 송이버섯농장에서 일하는 이주노동자가 자신의 피땀이 맺혔을 송이버섯을 보내왔다. 보기에 너무 좋아 먹어서는 안 될 것만 같아 어느덧 그녀의 가족을 생각하게 된 내 눈가에 뜨거운 물방울이 맺힌다. 어쩌면 그녀는 자신의 엄마에게 혹은 아빠에게 그리고 형제자매를 찾아 못 나누는 정을 나누고 싶었을 것이다. 고맙고 고마운 송이버섯을 이미 두세 차례 보내주었다. 400여 명 중 한둘이 인사해주는 고마움이 내게는 너무나 고맙고 고마운 일이다. 잠시 머문 거처를 생각하는 네팔이주노동자 모두가 평화롭기를 소망하며__(())__

　수버까마나 석바이 네팔리 디디 버히니 허룰라이

Suvakamana Sakbai Nepali Didi, Bahini Harul lai.

-「거처」 전문 -

　2020년 법무부가 파악한 고용허가제 적용을 받는 국내 이주노동
자는 50만여 명으로 알려졌다. 종사산업은 비전문취업의 경우 광
제조업(81.6%)이 다수를 차지하고, 그 다음으로 농림어업(12.9%), 건
설업(3%), 도소매, 음식, 숙박(1.4%) 등 순으로 나타났다. 방문취업의
경우 건설업(29.6%), 광제조업(28.7%), 도소매, 음식, 숙박(26.4%), 사
업, 개인, 공공서비스(13.5%) 등 순으로 나타났다. 이와 같이 이들 대
부분이 열악한 노동현장에서 종사하고 있지만, 의료비 등 사회보
장을 제대로 받지 못하고 있다. 우리는 이러한 이주노동자들의 암
울한 현실을 주지하고 시급히 대안마련에 나서야 할 것이다.
　이를 직시한 시인은 시 「거처」에서 밝혔듯이 네팔이주노동자들
을 돕기 위한 재정 마련을 위해 발 벗고 나섰다. 2017년 대출을 받
아 대전역 앞 골목에 작은 식당을 열었다. 수원에 세를 얻어 마련한
보금자리는 네팔여성이주노동자 쉼터로 활용하고 있다. 또한 식당
일을 하며 격일로 24시간 일하는 아파트 관리사무실 일을 병행했
다. 이렇게 모은 돈으로 대전에 60평 정도 공간을 만들어 15명 정
도가 자고 쉴 수 있는 쉼터 그리고 100여명이 행사도 열 수 있는
'네팔커뮤니티센타'를 만들었다. 수원과 대전 등 두 곳의 쉼터와 대
전의 식당을 아내와 둘이서 직접 요리하고 서빙하고 설거지를 하
며 운영하고 있다.

2

시인의 행동하는 이웃사랑의 실천적 시 쓰기의 원천은 어디에서 기인한 것인가. 이웃사랑은 상대를 긍휼히 여기는 마음에서 행해진다. 그러나 시인의 이웃사랑은 이 긍휼히 여기는 마음을 초월한, 상대를 신으로 여기는 고차원 적인 믿음에서 행해지고 있다는 것에 우린 주목해야 한다. '나의 친구들 네팔의 아이들과 함께, 네팔 방문 첫날' 이란 부제를 붙인 다음의 시를 보자.

> 사람은 스스로 창조주다
>
> 세상의 시작은 가난이지만
> 사람은 문화를 통해 스스로 창조주라 증거한다
> 폭력으로 문화를 파괴하는 사람들 말고
> 폭력으로 삶을 살아가려는 사람들 말고
> 창조주 아닌 사람은 없다
> 창조주를 선전하는 사람들조차
> 창조하지 않는 사람을 본 적도 없다
>
> 세상의 시작은 가난이지만
> 가난한 나라 사람들
> 그들이 존재하는 한 그들은 창조주다
> 그들이 가난하다는 것은 세속의 것이다

가난을 말하는 사람들 속에 가난을 본다
그렇게 말하는 사람들처럼 가난한 사람들도 없다
사람을 잘 지켜가는 것처럼 아름다운 창조란 없다

세상의 시작은 가난이지만
가난한 나라 사람들
그들이 창조주임을 그들의 문화가 증거한다
그들은 사람과 사람에 조화를 알고 있다
사람과 사람의 조화처럼 아름다운 창조란 없다
쇠붙이로 만든 무기를 손에 들고 있는 한 창조란 없다
창조하지 않는 것처럼 조화로운 삶은 없다

창조주의 뜻만으로 세상이 열린 것일까
사람이 창조주란 사실을 안다면 행복한 세상은 시작이다
-「세상의 시작」 전문 -

　기독교에서 창조주 하나님은 유일한 절대적인 존재다. 그런데 시인은 시 「세상의 시작」에서 "창조하지 않는 사람을 본적이 없다"고 선언한다. 이 세상 모든 사람을 신으로 여기고, 신을 섬기며 사랑하듯 사랑하고 있는 것이다. 그러하니 시인의 이웃사랑은 시 쓰기에 머물지 않고 실천적 행동으로 이어지지 않을 수 없다. 더구나 "사람과 사람의 조화처럼 아름다운 창조란 없다" "사람이 창조주란 사실을 안다면 행복한 세상은 시작이다"라는 선언에서 인간의 진정

한 행복은 어디에서 분출되는 지를 말하고 있다. 아울러 이를 토대로 시를 통한 선언적 이웃사랑에 머물지 않고 실천적 행동으로 이행하고 있다. 지난 2015년 4월 25일 토요일 낮 12시경 네팔에 엄청난 큰 지진이 발생했다. 당시 시인은 당연히 네팔 현지로 가서 구호활동을 펼쳤다.

오래된 고대를 걷는 자리에
땅이 있었습니다.
별처럼 땅 위에 빛이 나던
순박한 웃음은 고대로부터 한 가족이었던 듯
입은 것 말고는 그 어떤 경계도 없는 것처럼
예쁜 돌담 사이로 꽃 핀 식물처럼
가늘가늘 하늘하늘 땅 위를 밝히는 별 같았습니다.
돌마 타망네 어머니, 아버지 그리고 콧물 흘리던 어린 동생들
아무런 경계도 없이 처음 만나
서로 어머니가 되고 아버지가 되고
삼촌이 되고 조카가 되고 서로는 그렇게 땅을 밝히고 있었습니다

새벽에 일어나 나를 비춰주던 마당에는 별들이 내려와
땅 위의 별들을 따뜻하게 감싸주었습니다
안아주고 싶은 듯 부끄럽게 반짝이던 하늘에 별과
땅 위의 별들에 밝고 검소한 반짝임은 서로 하나였습니다
그 마을에는 전설은 없었습니다

그들이 전설이었고, 도시의 거리를 휩쓸고 온
거친 바람 같은 사람들을 반짝이는 별처럼 씻어주었습니다
그저 맑은 랑탕 히말라야를 흘러 내려온 바람과 함께
도시 거리에 아프고 상처받은 영혼들을 위로해주었습니다

지금 그들은 어디로 간 걸까요
하늘도 땅도 계곡을 흐르던 바람도 다 끌어안고
랑탕 계곡 깊숙이 골짝을 흘러 전설과 함께
슬픈 대지를 쓸고 가버렸습니다.
별이 된 별이었던 자취만 남기고 가버린 그들
거기 한 아이가 울고 있습니다.
까르톡 돌마 라마*여
울지 마라
언니도 오빠도 천지자연에 있다

까르톡 돌마 라마* : 네팔대지진이 난 이틀 후 저에게 전화를 걸어 언니의
안부에 발을 동동 굴렀습니다. 아직도 언니의 소식이 확정된 것은 없습니다.
그러나 마을은 사라져버렸습니다.

-「랑탕 빌리지의 별이 된 사람들」전문 -

뜨겁습니다
뜨겁고 뜨거워서 다가갈 수 없는 눈물방울들이
오늘도 섭씨 35도를 넘나들며

햇빛이 쨍쨍한 거리에 갈 길 모르고 흐르고 흐르기만 합니다

뜨겁게 부둥켜안을 그리움들로 가득한 거리에는

작은 푸르름도 존재할 수 없는 것처럼

거칠게 흙먼지만 날립니다

마스크도 준비 못한 나와 아내는

스쿠터 바퀴가 가자는 대로 생애 최초의 사람들을 만나러 갑니다

뜨거운 눈물방울이 아마도 한 시간에 한 방울씩은

아무런 정처도 모른 채 내게로 와 날 부둥켜안습니다

번지수를 묻지도 않고 관등성명도 묻지 않고

그저 넉넉한 웃음과 조금은 모자라고 겸연쩍은 웃음으로

그렇게 뜨겁고 뜨거운 눈물방울이 내게로 흘러듭니다

나도 따라 속으로 흐르는 눈물방울을 찬찬히 바라봅니다

그 속에 나를 바라보는 사람들의 뜨거운 시선들을 고맙게 읽습니다

읽을 책이 없던 시절에 하냥 슬픈 시절인데도

슬픔도 모르고 길을 걷던 그들이 지금 저들인 것처럼

내 눈앞에서 뜨거운 눈물방울이 되어 내게로 다가옵니다

부둥켜안을 품이 작은 내게로 와

뭘 어쩌라고 대체 뭘 어쩌라고 그러는 것이냐

저 속없이 해맑은 카트만두에 하늘을 보며 푸념도 하지만

나는 오늘 속으로 흐르는

그 뜨거운 눈물방울을 마시며 사람의 나라로 갑니다

오늘 또 한 걸음 사람의 나라에 가서

그들과 만날 것입니다

생애 최초의 만남 속에 흐르는

뜨거운 뜨거워 손조차 잡을 수 없을 그 자리에서

나는 시간마다 한 방울에 따뜻한 사랑을 읽어낼 것입니다

　　-「끼리띠뿌르의 눈물」 전문 -

"지금 그들은 어디로 간 걸까요/하늘도 땅도 계곡을 흐르던 바람도 다 끌어안고/랑탕 계곡 깊숙이 골짝을 흘러 전설과 함께/슬픈 대지를 쓸고 가버린/별이 된 별이었던 자취만 남기고 가버린 그들"(「랑탕 빌리지의 별이 된 사람들」 부분)과, "뜨겁게 부둥켜안을 그리움들로 가득한 거리에는/작은 푸르름도 존재할 수 없는 것처럼/거칠게 흙먼지만 날리는"(「끼리띠뿌르의 눈물」 부분) 대 지진이 모든 것을 앗아간 참혹한 네팔 현지에서 무려 1년 여 동안 구호활동을 펼쳤다. 네팔 신문기자 출신인 아내를 통해 네팔전역의 기자들로부터 자문을 얻고 정보를 얻어 고난에 처한 지진피해자들을 찾아다니며 구호활동을 펼쳤다. 이 와중에 뜻하지 않게 한국에 후원자 도움을 받아 현지에 작은 학교를 짓는 일을 하기도 했다.

3

　우리는 목사, 신부, 수녀 등 성직자가 단지 입말과 글로 교리만 전하는 사역에서 벗어나 그 교리에 따라 몸으로 행동하는 실천적 사역을 할 경우 그를 성자聖子, 성녀聖女 등으로 호칭한다. 이러한 기

준으로 시인이 행동하는 실천적 시 쓰기를 한다면 그를 시성詩聖이라 호칭해도 큰 무리가 없다고 생각한다.

"일찍이 아시아의 황금 시기에/빛나던 등불의 하나였던 코리아,/그 등불 다시 한 번 켜지는 날에/너는 동방의 밝은 빛이 되리라./마음에는 두려움 없고/머리는 높이 쳐들린 곳,/지식은 자유스럽고/좁다란 담벽으로 세계가 조각 조각 갈라지지 않는 곳,/진실의 깊은 속에서 말씀이 솟아나는 곳,/끊임없는 노력이 완성을 향하여 팔을 벌리는 곳,/지성의 맑은 흐름이/굳어진 습관의 모래 벌판에 길 잃지 않는 곳,/무한히 퍼져 나가는 생각과 행동으로 우리들의 마음이 인도되는 곳,/그러한 자유의 천국으로/내 마음의 조국 코리아여 깨어나소서.

위 시는 인도의 시성詩聖 라빈드라나트 타고르가 일제 강점기 억압 속에서도 꿋꿋하게 희망을 버리지 않고 살아가는 우리 민족에게 보낸 격려의 송시頌詩「동방의 등불」전문이다. 대한민국의 3·1 독립 운동이 목적을 달성하지 못함을 보고 지은 시로써 우리 민족의 유연하면서도 강인한 민족성과 문화의 우수성을 표현하여 우리 민족에게 크나 큰 격려와 위안을 주었다. 라빈드라나트 타고르는 시「동방의 등불」을 1920년 일본을 방문했을 때『동아일보』의 요청으로 우리의 독립에 대한 염원을 담아 게재했다. 이를 통해 일제에 나라를 빼앗긴 당시 우리 민족에게 큰 감동을 안겨주었을 뿐만 아니라 일제 강점기 대한민국의 암울한 상황을 해외에 알리는데 지대한 공헌을 했다.

김형효 시인의 신작 시집『히말을 품고 사는 영혼』시편들을 읽으면서 라빈드라나트 타고르를 떠올렸다. 라빈드라나트 타고르가 시 「동방의 등불」로 일제강점기 동방의 대한민국을 노래했다면, 김형효는 시집 『히말을 품고 사는 영혼』으로 히말라야와 그리고 히말라야산맥 중앙부 남쪽의 공화국 네팔을 집중 노래하고 있다.

네팔의 상징 히말라야 산맥은 어떠한 곳인가. 2,400킬로미터 길이의 산맥에 파키스탄, 중국, 인도, 부탄, 네팔 등 여러 나라를 품고 있다. 고대 산스크리트어로 '눈이 사는 곳'이라는 뜻의 히말라야는 일 년 내내 녹지 않는 멋진 만년설을 품고 있어서 '세계의 지붕'으로 지칭되고 있다. 세계에서 가장 높은 8848미터 높이의 에베레스트 산을 비롯해 8,000미터가 넘는 산이 14개가 있다. 이 산들은 높이 솟아올랐다고 해서 각각 '높은 지위'를 나타내는 '좌'라는 이름이 붙었다. 이로 인해 높은 곳을 앙망하는 세계인의 영혼이 집중되는 상징적인 곳이기도 하다. 그렇다면, 시인이 보고 새긴 네팔의 상징 히말라야는 어떠한 존재일까? 그리고 그 히말라야에서 사는 네팔 사람들은 시인에게 어떠한 모습으로 다가 왔을까?

높고 높은 산에 올라 보니
그곳에 사는 사람들은
깊은 영혼 높은 별처럼
빛나는 주인공들이었습니다
높은 히말처럼
사람들의 삶은 모두 성자인 듯
따사롭고 밝은 웃음기로 생기가 넘쳤습니다

절로 해맑아지는 나는

그들과 하나 되어 버렸습니다

부질없는 삶의 때에 절어 살다가

영혼을 해탈의 경지로 옮겨 주는 히말라야

그곳에서는

사람도 히말처럼, 히말도 사람처럼

끝 모를 울림을 주었습니다

아이나 어른이나

서로 인자하게 웃는 법을 아는

나는 그곳 사람들이 그래서 좋았습니다.

나는 지금 돌아와

그때 그 자리에 웃음들

그리운 히말에 사람들의 웃는 법을

다시 배우고 싶어집니다.

그들 속에는 영혼의 쉼터라는 히말이 있고

히말이 있는 곳에

그들의 영혼이 함께 웃으며

반기는 사람이 있습니다

가야지

다시 가야지

아픔도 고통도 다 품은

아름다운 영혼의 보금자리

히말을 품은 사람들이 사는

사람들에게로

-「히말을 품고 사는 영혼은 아름답다」 전문 -

시인에게 히말라야는 "영혼을 해탈의 경지로 옮겨 주는" 곳이며, "사람도 히말처럼, 히말도 사람처럼/끝 모를 울림을 주는"곳이기도 하고, "아픔도 고통도 다 품은/아름다운 영혼의 보금자리"이기도 하다. 아울러 히말라야에서 사는 사람들은 "깊은 영혼 높은 별처럼/빛나는 주인공"이며, "성자인 듯/따사롭고 밝은 웃음기로 생기가 넘치"고, "아이나 어른이나/서로 인자하게 웃는 법을 알고" 있다. 이러한 히말라야와 그곳에서 사는 사람들을 접한 시인은 "절로 해맑아"져서, "그들과 하나 되어", "사람들의 웃는 법을/배우고 싶어", "가야지/다시 가야지" 되뇌어 히말라야로 가고자 다짐한다. 이처럼 히말라야와 그곳에서 살고 있는 네팔 사람들은 시인이 닮고 싶은 경이로운 대상의 존재다. 그리하여 시인은 네팔 사람들의 상징인 히말라야의 최고봉 에베레스트 산을 다음과 같이 신성하게 호명해 찬양한다.

알고 있다. 나는

나의 할아버지, 할머니들이 불러온 이름

강과 바다와 산과 들의 이름을

나는 알고 있다

당신들의 할아버지, 할머니들이 불러온 이름

하늘바다

에베레스트는 기록일 뿐

당신들의 할아버지, 할머니가 불러온 이름

하늘바다를 대신 할 수 없다

오! 하늘바다

당신들의 할아버지, 할머니의 영혼을 품고 있는

하늘바다는 그 누구의 것이 아닌

우리 모두의 신성 하늘바다

당신들이 잠시 긴 명상에 잠겼을 때

당신들의 집 지붕 위에 나비가 날아올랐다

그때 그대들의 하늘바다는 남의 것이 되어 있었다

나비 한 마리의 우아한 자태를 보고 있는 동안

그대들의 집 지붕은 남의 것처럼 되어 버렸다

에베레스트는 그대의 것도 우리들의 것도 아니다

그대들이 잠에서 깨어 일어났을 때

잠시동안 불려오던 에베레스트는 명상처럼 사라지고

아주 오래전처럼 그대들의 하늘바다만 남아 있다

그대들의 할아버지, 할머니가 불러온 이름으로

오! 하늘바다

오! 하늘바다

하늘바다* : 네팔사람들이 오래전부터 불러온 에베레스트의 원래 이름은
하늘바다 뜻을 가진 사가르마타이다.

－「하늘바다」 전문 －

　시인은 히말라야와 네팔, 그리고 그곳에서 살아가고 있는 사람들을 이번 시집 1부에서 집중 조명하고 있다.「영혼」「가끔은」「히말라야를 꿈꾸다」「길」「나마스떼」「베데따르의 전설」「오컬둥가」「축하의 자리를 함께하며」「세상의 시작」「히말을 걷다」「네팔국가를 들으며」「아내의 고향」 등의 시에 때로는 히말라야와 하나의 동체同體로, 때로는 하나의 영체靈體로 아름답고 슬기롭게 살아가는 사람들의 정서를 다양하게 담았다. 이토록 히말라야와 네팔, 그리고 그곳에서 살아가고 있는 이들을 끔찍이도 사랑하는 시인은 앞으로 더욱 그들과 더불어 행동하며 나아가는 새로운 실천적 시의 길을 닦아나갈 것이다. 그리하여 인도의 라빈드라나트 타고르가 '동방의 등불'로부터 시성詩聖으로 각인되었듯이, 시인은『히말을 품고 사는 영혼』으로부터 시성詩聖으로 각인될 것이다. 주목하며, 시인의 시「길」을 소개하는 것으로 이 글을 마친다

　　돈의 힘을 믿고
　　그 길을 만들며 사는 사람
　　정신의 힘을 믿고
　　그 길을 만들며 사는 사람
　　꿈과 희망의 힘을 믿고
　　그 길을 만들며 사는 사람

강철 같은 믿음이라면
그 무엇도 길이 아닌 것은 아니겠지만
사람을 믿고
사람의 길을 만들며 사는 사람
그가 그립다

하늘에 뜬 구름 뒤에도 길이 있고
저 멀고 먼 히말라야 설원에도 길이 있어
저 깊은 바다 속에도 길이 있고
사람과 사람 속에도 길이 있어

히말라야 깊은 골짝과 만년설의 산길에서도
길에 선 사람이 길을 외면하지 않으면
다시 길에 서는 것은 당연한 일
세상 모든 길이 내 눈에 보이지 않는다고
결코 길이 없는 것이 아니다
-「길」 전문 -

김형효 제 6시집

히말을 품고 사는 영혼

초판인쇄 2022년 02월 18일 **초판발행** 2022년 02월 25일

지은이 **김형효**
펴낸이 **이혜숙** 펴낸곳 **신세림출판사**
등록일 **1991년 12월 24일 제2-1298호**

04559 서울특별시 중구 퇴계로49길 14,
　　　충무로엘크루메트로시티2차 1동 720호
전화 **02-2264-1972** 팩스 **02-2264-1973**
E-mail : shinselim72@hanmail.net

정가 **12,000원**

ISBN 978-89-5800-244-4, 03810